AF409811

Marina Iuvara

VIDA DE AEROMOÇA

O mundo é a minha casa

Tradução de André Spiller Fernandes

Este livro é uma reformulação da primeira edição de "Vita da hostess" (sem tradução para o português).

Passaram alguns anos desde a primeira publicação daquele livro, e decidi renová-lo e complementá-lo.

Bem-vindos a bordo: this is the next flight.

Marina Iuvara

Anjos do ar

Mulheres independentes, de uniforme, perambulando pelo mundo.

Ícone glamoroso de liberdade.

Em sua maioria mulheres que exercem uma profissão com peculiaridades únicas, uma fonte inigualável de alegria e satisfação, mas também cheia de facetas difíceis e reflexos muito importantes na vida pessoal.

As comissárias de bordo são tradicionalmente identificadas no imaginário coletivo pelo que é aparente: seus uniformes elegantes, escalas em todos os lugares do mundo, o contato com diversas pessoas ou as compras por toda a parte. É fácil encontrá-las nos aeroportos, junto do resto da tripulação: por vezes, são vistas ainda hoje com admiração e uma pontinha de inveja. "Eu gostaria tanto de ter esse trabalho também", pensam em segredo muitos. Outros dizem o contrário: "Nunca poderia fazer isso".

Na verdade, as aeromoças - naturalmente, também chamadas comissárias de bordo - desempenham com eficiência e profissionalismo um papel exigente e são um componente fundamental para a segurança do voo, capazes de lidar, com técnica e paciência, com emergências de todo tipo. Devem estar sempre prontas para resolver os mais impensáveis e complicados imprevistos, mantendo, além disso, a distância dos afetos e de casa, ou ainda a difícil gestão de seu tempo, além dos efeitos do fuso horário.

Neste livro, tentei contar os aspectos menos notáveis e dificilmente imagináveis.

Dedico-o, portanto, a todas nós.

Introdução

A figura da aeromoça aparece pela primeira vez nos anos 30, em uma companhia aérea norte-americana.

No início, a maioria duvidava da utilidade dessa função: frágeis e graciosas garotas, com menos de 25 anos de idade, cujo peso não podia passar de 52 quilos e a altura nunca mais de 1,63m, vestidas com o mesmo uniforme, formadas em enfermagem e convidando os passageiros a ocuparem seus assentos com gentileza.

Sua figura e função mudaram muito ao longo dos anos.

Em 1940, depois do ataque a *Pearl Harbour*, as aeromoças foram alistadas em aviões militares para servir a pátria.

Em 1950, foi escrito o primeiro manual da aeromoça perfeita: forte como um soldado, afetuosa como uma mãe, disponível como uma gueixa, bem informada como um guia turístico.

Nos anos 60 e 70, as aeromoças inspiraram orgulho ao representar as companhias aéreas e foram comparadas a modelos.

Eram vistas como mulheres dotadas de beleza, desejáveis e invejáveis, com a possibilidade, ainda não disponível a todos, de viajar e conhecer o mundo.

Em 1960, no jornal *New York Times*, uma estatística norte-americana descreveu as aeromoças como "mulheres perfeitas", porque, ao caminhar 300 milhas para cima e para baixo entre as poltronas, parecem muito bem treinadas, comprovadamente resistentes ao cansaço.

Com a chegada da revolução feminista e das conquistas posteriores em matéria de direitos das mulheres, em 1971, foi abolida a regra que as proibia de se casar. Em 1974, o salário foi equiparado ao dos homens. Em 1975, foi removida a proibição à maternidade e, em 1979, foram abolidos os limites de peso.

Até hoje, a responsabilidade principal de uma aeromoça é garantir a segurança dos passageiros a bordo das aeronaves, assim como servi-los durante o voo.

Prefácio

Perfeitamente treinadas no campo da segurança aérea, habilitadas e certificadas em primeiros socorros, competentes em línguas estrangeiras, hábeis nadadoras, bem cuidadas, sorridentes e bem educadas, as aeromoças devem ter, além de uma predisposição às relações interpessoais, um excelente equilíbrio emocional e um forte senso prático.

O estilo de vida é frenético, o trabalho é cansativo e estressante, também por causa dos fusos horários; o ambiente onde trabalham é pressurizado, e o solo onde se movem durante o trabalho não está sempre na horizontal. No entanto, têm autocontrole e devem estar sempre prontas para se virar em situações imprevisíveis.

As aeromoças estão em contato com pessoas de todas as etnias, culturas, níveis de escolaridade, origens e caracteres.

Encontram crianças esplêndidas como raios de sol ou, às vezes, também mais turbulentas que as turbulências, pessoas de idade avançada com quem se deve lidar com tato e sensibilidade, personalidades que requerem discrição e segredo, homens de negócio, divas, grupos de turistas alegres e despreocupados, casais românticos em lua de mel, doentes a cuidar, emigrantes de países distantes, proselitistas e catequistas de diferentes fés. Todos devem ser tratados com cuidado e profissionalismo.

Elas devem gerir as incumbências urgentes antes da decolagem e da aterrissagem, observar as disposições de segurança enquanto realizam suas tarefas e obrigações, observar as hierarquias e zelar pelos muitos pedidos a satisfazer. São submetidas a longos e contínuos períodos longe de casa e a relações pessoais difíceis por causa das ausências impostas pelo trabalho.

São muitos os aspectos negativos desta profissão única: pelo menos muitos dos que veem de fora não imaginam ou conhecem essas dificuldades.

Contudo, toda aeromoça, apesar de tudo, sente uma melancolia e uma nostalgia quando não está voando.

Lindos postais se guardam no pensamento a cada nova rota, e mesmo o voo mais difícil é sempre uma experiência enriquecedora.

O sushi japonês, a areia das Maldivas, os arranha-céus de Nova York, a vida noturna argentina, a alegria brasileira, os céus de Londres e os perfumes parisienses surgem no horizonte, ganham vida e trazem emoções únicas, mesmo que em curtos espaços de tempo, mesmo que cobertos pelo cansaço do fuso horário, mesmo que sempre apressados pelo pouco tempo disponível.

Cada anoitecer se apresenta espetacular visto de cima, sobre as nuvens.

E a bordo dos aviões, acontece e pode acontecer de tudo: muitos passageiros se distinguem por sua classe ou estilo inigualável, alguns se mostram menos elegantes.

Pode acontecer que algumas pessoas percam o controle se estiverem nervosas ou estressadas: muitos precisam de apoio psicológico porque sofrem de aero- ou claustrofobia. Excepcionalmente, alguns bebem demais e podem ficar violentos. Tudo pode acontecer durante o voo.

De fato, no avião, até o menor e mais insignificante episódio ou incidente pode se transformar em algo que demanda a máxima atenção.

Quem precisa de cuidados deve ser assistido imediatamente, e as emergências médicas são frequentemente resolvidas de maneira brilhante.

Em quase todo voo, acontecem experiências comoventes, que demonstram profunda humanidade e solidariedade.

Como se reconhece uma aeromoça?

- Verifique os objetos que ela tem em casa: não sabe o que são, para que servem, de onde vêm?

- Veja as fotos nas paredes: os fundos parecem ser de outro lugar no mundo?

- Pergunte se ela já provou o frango frito das ruas de Bangkok, frequentou os melhores restaurantes franceses ou provou o serviço de quarto na frente de um espelho em um hotel luxuoso.

- Preste atenção nos horários em que ela come ou dorme: estão de acordo com horários normais?

- Observe-a na hora das refeições: ela come em pé, mas não vê a hora de se sentar?

- Olhe na geladeira: ela pôs copos de plástico ao lado de garrafas de água?

- Pergunte-a onde comprou alguma peça de roupa que veste: você também precisaria pegar um voo para comprá-la?

- Não deixa de lado aquela calça boca de sino na moda em Londres, conhece as datas das liquidações da Gap em Nova York, compra roupas da Gucci nos outlets de Miami, bolsas da Louis Vuitton nas liquidações de Tóquio, palmito na Argentina, suco de açaí, pão de queijo e tapioca no Brasil?

- Só faz luzes na sua cabeleireira preferida em São Paulo ou em Milão?

- Tem certeza que os cremes de Tel Aviv e os shampoos orgânicos de Toronto são os melhores?

- Preste atenção: tira os saltos sempre que puder? (espie debaixo da mesa ou no carro).

- Olhe na sapateira: ela tem diversos saltos da mesma cor?

- Fala com muito conhecimento de lugares que você só conhece na fantasia ou que precisaria de muitas vidas para conhecer?

- Pergunte qual é o lugar mais espetacular de todos os que ela visitou: o sofá de casa fica em primeiro?

- Pergunte as últimas notícias sobre cultura e política, mas principalmente as fofocas: ela sempre tem as últimas novas?

- Veja o que ela guarda na bolsa: há objetos dos mais diversos, que te socorreriam em qualquer eventualidade (lixa de unha, livro, maquiagem, lanterninha, sombrinha, GPS, máquina fotográfica, laptop, calça extra, escova de dente)?

- Tem diversos números de telefone e contatos de colegas e conhecidos, mas não consegue lembrar o lugar, ano ou situação em que se conheceram ou conviveram?

- Sempre que sente cheiro de fumaça, verifica de onde vem e se levanta para procurar o extintor de incêndio mais próximo?

- Reconhece de cara a personalidade e o tipo social de qualquer pessoa e consegue se relacionar com qualquer um, independente de idade?

- Não desanima quando precisa ajudar alguém em dificuldade?

- Convive com os outros maravilhosamente em qualquer situação, mesmo que ame os momentos de solidão?

- Não sente nem um pingo daquele súbito nó no estômago que você tem quando o avião começa a decolar?

- Vá bisbilhotar seu quarto: sempre tem uma malinha de mão à espera de uma saída inesperada? Consegue colocar nela tudo que possa ser necessário para uma semana inteira e não se atrapalha mesmo se tiver só uma hora para fazer uma viagem imprevista de Roma a Caracas?

- Se todas as respostas forem afirmativas, não tenha dúvida: trata-se de uma "MULHER COM ASAS".

Bom voo

Como estavamos.

Volto para a minha terra, na sicilia, pelo menos duas vezes por ano, para as festividades e durante o periodo do verão, turnos e férias permitindo.

Viajar no avião enfim é para mim normal, faz parte do meu trabalho. Ainda que passavam muitos anos, todas as vezes que chego, junto de um intenso cheiro da flor de laranjeira que espalham os pomares laranjais e o vento do sudeste proveniente de Africa, envolvem-me silenciosos mesmo as recordaçoes da minha infancia.

Hoje é uma quinta-feira de Julho: os trinta e seis graus estão na regra.

Durante o verão esta terra fica quente, luminosa e exposta ao sol: tudo parece mais lento e custa para manter um ritmo de vida dinâmico por causa desta temperatura que eu gosto, mesmo sendo as vezes intrometido.

Os raios solares espalham-se sobre todo o espaço livre da pele, penetram até aos ossos, muitas vezes me robustecem, e as vezes deixam-me relaxar até atordoar-me para depois adormecer.

A pausa do meio-dia, usual nesta região, interrompe a produtividade diurna. Escuto o som repetitivo e quase hipnótico das palas do ventilador, colocado em cima dum banco antigo; a sua brisa contrasta o ar quente e sufocante desta tarde de céu azul, desprovido de nuvens.

À noite a temperatura sofre uma ligeira descida, e os amáveis ventos suaves aliviam o clima de noite.

Estou hospedada na casa dos meus pais e cada detalhe sobre a qual os meus olhos debruçam-se faz ressurgir na minha mente cenários vividos e recordados enfim longínquos.

Antevejo uma saia interior de seda cor creme com delicados bordados de um tom ligeiramente mais claro, pendurada no guarda-vestidos estilo Luís XVI que a minha mãe escolheu há mais de quarenta anos para embelezar o seu quarto que desde então ficou sempre o mesmo, inalterado ao longo do tempo; eu dei-me conta, pelo contrário, de ser tão diferente desde quando me agachava debaixo dos cobertores daquela enorme cama para escutar as fábulas narradas por ela antes de ir à cama, e diferente mesmo desde quando, muitos anos depois, já adolescente, às escondidas conseguia experimentar os seus colares mais preciosos, espelhando-me naquela grande moldura dourada de um espelho, colocada no centro do quarto, enquanto dançava de forma espontânea e folgada sozinha, como uma descarada, assim teria dito o meu pai, se me tivesse visto.

Lembro de ter possuído, então, uma saia interior de uma cor idêntica àquela da minha mãe, eu gostava vesti-la pela sensação de ligeireza e frescura que me reconfortava durante os dias mais húmidos.

Na educação por mim recebida esta indumentária era permitido apenas em casa, e vestido tendo o cuidado de encostar as persianas, donde evitar indiscretos olhares externos, visto que a varanda apresentava-se sobre um grande pátio.

Induziram-me desde pequena para esconder-me, e para cobrir-me como deve ser, diante de qualquer pessoa.

Pouco a pouco vinham insinuadas gotas de castidade na minha alma, dia após dia.

«Cubra-te, cubra-te que alguém pode te ver!» chegava aos meus ouvidos se as vezes contemporizava no meu quarto vestindo, esquecendo de puxar as cortinas para fechá-las.

Ainda hoje, antes de despir as roupas, verifico que tudo esteja fechado e que ninguém possa ver-me, mas isto não o confessei por acaso nem para a Valentina, uma minha querida colega que com a qual durante anos partilho um apartamento, perto do aeroporto, na cidade onde actualmente resido: Roma.

Desde criança obedecia com escrupulosa atenção as regras, para evitar de sujeitar-me aos castigos, excessivamente severos muitas vezes.

Havia uma austeridade de ideias e hábitos transmitida de geração em geração. A minha tia Carmela, apelidada por Lina, contava que a primeira vez que ousou dizer um palavrão foi convidada a abrir a boca e tirar para fora a língua.

«Que estranha brincadeira!» pensou.

A sua mãe, a minha avó Giuseppina, pegou um dos ganchos que recolhiam os seus cabelos compridos, e com ele espetou a sua língua.

Vistas as consequências, poucas entre filhas e netas da minha família dizem palavrões, não obstante, nos momentos oportunos, lhes ocorre.

Estou aqui em Catania de férias por uma semana e encontro de novo os antigos sabores, cheiros, sensações.

Acolhe-me o solar sorriso da minha mãe, que se contem ao abraçar-me forte como queria, talvez por medo de esmagar-me.

Acaricia repetidamente os meus cabelos pretos como a pez iguais aos seus, compridos até mais abaixo dos ombros, deixados soltos para libertá-los das constrições das ataduras impostas pelas regras do meu trabalho.

A pele da mamã é branca e delicada, mórbida como a areia, e cheira como pétalas de rosa, misturados a citrinos.

Sempre lhe pareço bastante magra – mesmo estando, do meu ponto de vista, pesada mais ou menos por aí um ou dois quilos, relativamente ao meu utópico peso ideal – por conseguinte convida-me para consumir aquilo que abundantemente coloca no meu prato.

Hoje preparou para mim, a sua Annuzza, os meus pratos preferidos: linguine (tipo de massa) a preto de sépia e peixe-espada no cartucho.

Ela não se farta por acaso de me olhar e acarinhar-me, eufórica e emocionada ao único pensamento de ver-me de novo.

Também as minhas tias e primas demonstraram o seu afecto com todo o gesto todas as vezes que me viam, querendo ouvir tudo sobre as minhas viagens e sobre o meu trabalho.

Eu sou, no imaginário delas, uma parte do mundo delas que foi para um outro: aquele mundo feito de sonhos diante de uma revista, atraente todavia descrito como perigosa, tentacular, capaz de impelir-te irreversivelmente. Eu sou a prova viva de que o mundo sim, muda-te, mas permanecendo tu mesma, porque aquilo vai depender apenas de como és feito por dentro. E elas são, para mim, a parte mais importante daquilo que aprendi durante todas estas viagens: que podes ir longe só se tens um lugar interior donde partiste, e onde regressar. Aprendi que poderás estar em toda a parte, mas na verdade ficarás sempre onde estão as tuas raízes emotivas.

Ficaram maravilhadas pelas fotos que tirei em New York e gostariam de partir comigo para visitar a Grande Maçã. Desejariam também que as levasse para Hong Kong para dar uma volta de passeio ao Starley Market e ao Lady´s Market, os mercados nocturnos dos quais falei para elas muitas vezes e com entusiasmo, ou passar da Casablanca onde existia a Medina com as suas cores e as suas especiarias, onde a hortelã para o chá tem um sabor mais forte e um cheiro mais persistente da nossa hortelã local, e saborear aquelas tâmaras excepcionais que lhes tinha oferecido regressado dum voo. Ou passear comigo nas ruelas fervilhantes de shanghai, mergulhados naquela enchente variegada e aquelas mil cores que tento descrever, e não consigo por ventura como gostaria.

Elas têm um grande sentimento de hospitalidade, uma arte natural de acolhimento transmitida no decurso de séculos, e me saúdam sempre com o habitual beliscão nas bochechas, atirando não próprio delicadamente de ambas as partes, e com um abraço seguido pela mesma frase desde quando era criança: Annuzza bedda, sangu mil!, Zzuceberu mil!

O meu pai, mesmo estando feliz vendo-me de novo, fica sempre muito silencioso, pouco comunicativo e extremamente reservado.

Temos a mesma cor dos olhos, azul celeste, mas nos seus uma ligeira tonalidade violácea faz transparecer constantemente reflexos que as vezes me entristecem.

Ele é frequentemente inclinado a fazer previsões desfavoráveis, impregnadas de ânsia e preocupação, como a minha melhor amiga Stefania, também ela siciliana.

É um homem muito instruído, gosta de estudar e está sempre informado sobre todos os acontecimentos sociopolíticos actuais.

Discreto nos modos e formal no seu comportamento, fica durante horas fechado no seu escritório, mas na hora do almoço e do jantar junta-se a nós e todos juntos à mesa.

O que os meus pais, parentes e a sociedade onde vivi ensinaram-me é a grande importância da família, o respeito das regras e, em particular, o vínculo inviolável do casamento: um valor para defender sempre, a todos os custos, frequentemente com enormes sacrifícios.

Uma união para salvaguardar de todas as formas, mesmo na presença de problemas, que terão de ser superados ou combatidos, as vezes até ignorados.

Esta ligação indissolúvel tem um carácter sagrado absoluto que apenas a morte pode desatar.

Até que a morte nos separe.

Uma promessa que não pode ser mais negligenciada, a partir do momento em que é estipulada.

Uma tarefa rigorosa e constante, oportuno para conservar firmemente as raízes da família.

Não são somente o sentimento de afecto, a cerimónia oficial, o profundo dever que te é incutido com a educação desde criança, a ligar a relação matrimonial, mesmo o juízo premente da sociedade onde vives te induz e trabalha assiduamente até que se mantenha integra a ligação familiar.

No casal, a figura feminina tem um papel muito importante: a lealdade, para com o esposo e os filhos, é absoluta.

O homem dedica-se conduzindo melhor o papel de chefe da família, tem a obrigação de tomar o seu cargo de tutela e de suporte da mesma.

Lealdade e obrigações, amor e respeito.

Não importa se não for notáveis as duas últimas rubricas, entendidas que possam enfraquecer-se.

O casamento é algo sobre o qual contar durante toda a vida, os filhos são o bastão da velhice, o fim não é permitido, ou apenas uma coisa de loucos, algo que vai fora da ordem pré-estabelecida, que é preciso evitar, encontrando qualquer remédio: no ritual do casamento a declaração da fidelidade é uma promessa que se honra, na sua forma absoluta.

Estas são as normas que me foram incutidas desde criança. Sobre o meu destino estava certa, teria respeitado estes ensinamentos.

Tive uma educação muito rígida, feita de atitudes autoritários, ordens, obrigações e punições sem ter a possibilidade de replicar ou de pedir esclarecimentos, chegando, enfim na adolescência, para ter serias dúvidas e confusões no que fosse realmente justo ou precisamente errado.

As rígidas regras seguiam as directivas da educação que foi transmitido ao meu pai nos anos 40, sem se aperceber das profundas transformações sucedidas e dos movimentos dos anos 68, aos quais presenciei apenas com o meu nascimento.

Mesmo assim, a revolução social dos anos 70 parecia não alcançar minimamente a nossa realidade, nessa altura.

Tudo era preto ou branco, justo ou errado, concedido ou proibido e não existiam corcs matizados, renuncias, meios-termos.

Os modelos e o estilo de vida acompanhados eram antiquados e ultrapassados, a meu ver.

Para mim o branco e o preto eram apenas os extremos de uma múltipla variedade de cores, contudo os ensinamentos deviam ser seguidos, sem réplicas e oposições.

A partir da orientação escolar e até às amizades, aos horários, aos lugares por frequentar, ao vestuário, ao desporto, todas as decisões seguiam pareceres, tendências e gostos não meus e nem sequer iguais às minhas inclinações: apenas àquelas do meu pai.

Ele deliberava as pessoas que podia frequentar, depois de uma cuidada selecção antecipada por uma conversa de apresentação inicial, cujos pré-escolhidos deviam sujeitar-se.

Questionei-me muitas vezes qual fosse o meu caminho, o que fosse realmente importante, quais os meus reais desejos e objectivos, e frequentemente as minhas respostas eram totalmente diferentes daquelas impostas pelos meus pais, que certamente agiam para o bem e para uma melhor formação da minha pessoa, espelhando somente sonhos: deles.

Seguia diligentemente as direcções sugeridas e frequentemente me encontrava ocupada a recitar um papel que certamente agradava aos outros, mas não a mim, e sentir nascer e desenvolver-se desejos que não representavam o papel que interpretava, e que não poderia desvendar, porque sabia que seriam mal suportadas: estava maravilhada pela liberdade e pela independência, pelas viagens e pelos lugares longínquos.

Quase sempre tentei de fechar com a chave estes desejos e sonhos, como um caixote, com um grande cadeado, dentro de mim, dentro da minha mente, dentro do meu coração que batia forte por aquelas atracões que são consideradas bastante desinibidas e inconvenientes.

Os meus sonhos de viajar, querer viver no exterior, afastar-me da família para ir viver sozinha, eram com frequência sufocados e desta forma os tinha bem aprisionados e escondidos: no interior daquele caixote não conseguia perceber grito nem dor causado pelo desgosto daquela renúncia.

Estava orgulhosa por ter encontrado para eles um lugar seguro e, permanecendo naquele lugar tão obscuro, não tinha a possibilidade de tomar conhecimento de forma consciente.

Não desejava que as minhas verdadeiras paixões saíssem ao ar livre, a não queria que tão-pouco existissem, na medida em que teriam arranjado apenas problemas, se por acaso tivessem sido tornados notáveis: não apenas teriam gorado as expectativas, mas, de todas as formas, não teriam tido vida fácil e teriam sido decepados ao nascer.

O meu pai, advogado, estava certo que teria seguido as suas pegadas.

Vivi assim grande parte da minha adolescência sem grandes sofrimentos, e brilhantemente superava os problemas graças ao meu subtil procedimento secreto, isto é sufocando e escondendo os meus reais desejos e procurando satisfazer os outros.

Um dia, porém, uma das tantas gavetas ficou um pouco demasiado cheio e, para maior segurança e não sem esforço, experimentei colocar um outro cadeado.

De forma inesperada rebentou, abriu-se, ouvi gritos, choros, soluços como se fossem de uma criança, pedindo ajuda, suplicasse para sair, para ser ela mesma.

Tranquei ainda uma vez com força, aquela gaveta.

Mas aqueles sons e aquelas imagens tentavam sair e libertar-se.

Eram insuportáveis.

O meu coração batia cada vez mais forte para sobrepor-se em tudo e incapacitar-me para esquecer.

Era uma gaveta, apenas uma!

Tinha apinhado desta forma muitos sonhos, pensando assim de poder ser uma mulher serena e feliz.

Deveria preocupar-me?

O que teria acontecido se tivesse aberto escancaradamente também uma outra vez, e depois talvez uma outra ainda?

A coisa aterrorizava-me, mas não posso não reconhecer que começou a seduzir-me cada vez mais.

Questionei-me, um dia, quem eu era realmente.

Questionei-me onde é que estivesse a ir e quem tivesse escolhido o meu caminho.

O que descobriria ao abrir aquelas gavetas?

Conseguiria reanimar a minha verdadeira essência reduzida à agonia pelos condicionalismos externos?

Nunca estaria em condições de superar as minhas fraquezas e de encarar os meus medos?

Sou uma pessoa optimista, amo a vida; sou social e julgo importantes como fundamentais as amizades.

Entre mulheres, infelizmente, não é insólito instaurar-se de maçadores como inúteis sentimentos de inveja e de ciúme, por isso, chegar à especial solidariedade e à cumplicidade que tende realmente unidas torna-se extremamente raro.

Não é fácil encontrar uma verdadeira amiga, mas quando se tem esta sorte desaparecem orgulho e competição e nasce o respeito total, cresce a confiança cega e a lealdade.

A união torna-se indissolúvel, a amizade torna-se um bem por salvaguardar de improváveis como raros e excepcionais acontecimentos negativos que teriam a força de enfraquecê-la, mas que normalmente nada podem contra o agradável bem-estar que experimente estando unidos, confiando-se segredos mais íntimos, partilhando as risadas, as experiencias da vida, as emoções, mesmo criticando-se mutuamente e encontrar soluções comuns: o objectivo principal é a união e a força do casal.

Conheço uma pessoa especial que espelha estas características. Stefania não é apenas uma amiga, as vezes assume-se como mãe que espalha conselhos, as vezes é a filha a quem dispensar o meu amor; pode parecer estranho, mas vê-la interpretar o papel de namorada ciumenta não é improvável, sobretudo se a ignoro um pouco, mas ela permanece um ombro sobre o qual encostar, uma palavra de conforto, o respeito do meu silêncio, a compreensão das minhas fraquezas, mas também um doce peso por suportar.

Stefania tem um físico atlético, é muito alta, alguns centímetros a mais que eu.

Os seus cabelos são castanhos e luzentes, com umas tonalidades tendentes ao vermelho carregado semelhantes àqueles da madeira de amaranto, muitas vezes colhidos numa trança que se move sinuosa nas suas costas. Veste-se habitualmente de forma casual, tem a predilecção pela prática no que veste; eu, pelo contrário, prefiro usar roupas mais femininas, a seu ver vaidosas e antiquados.

A sua exuberante sinceridade combinada com uma natural fraqueza conflui, as vezes, cruéis juízos.

Não obstante uma estrada de centenas de quilómetros agora nos separa, sei sempre de poder contar com ela, e vice-versa.

Nos suportamos, nos criticamos obstinadamente, nos proferimos opiniões, nos elogiamos e nos mandamos passear... sempre com grande afecto, e é difícil, uma viver sem a outra.

A segurança recíproca torna especial esta verdadeira amizade, um ingrediente que normalmente escapa nas relações amorosas.

Nos une uma grande paixão: partir lá para metas distantes.

Sempre adorei viajar, me dá um sentimento de felicidade.

Quando me distancio de tudo e de todos encontrando-me em dimensões e fusos diferentes é como se conseguisse avaliar o resto por fora: de longe, com efectivo destaque seja físico como mental.

Tiziano Terziani escreveu: a nossa destinação não é por acaso um lugar, mas um novo modo de ver as coisas: e é desta forma também para mim, ou melhor para nós os dois.

Viajando consigo reparar melhor dentro de mim, para ver com clareza quem sou, e para eu poder melhorar.

É como se o mundo com todos os seus problemas se distanciasse, mudasse de horizonte, e eu readquiro as minhas forças, as minhas energias.

Afastando-me da realidade rotineira, uma carga de adrenalina reforça-me tanto assim para me dar vitalidade e positividade enormes, ajudando-me a encontrar as respostas certas.

Viajar é uma invasão de mundos que não são os meus, é sempre uma satisfação que me proporciona um emocionante sentimento de liberdade, e me ajuda a descobrir de novo parte da minha autonomia.

Há algum tempo realizei aquele grande desejo que tinha desde criança: tornei-me uma hospedeira de voo.

Passaram anos, mas me lembro como se fosse ontem o momento em que decidi mudar a minha vida. Aquele dia está impresso na minha memória. Estava com Stefania.

Gostaria de ser aeromoça

– Chega, estou farta! Mario estava insuportável, chega a me seguir até quando vou tomar um café com as amigas. Não quer que eu vá para a aula e me proíbe até de cumprimentar meu ex. Quero pensar mais em mim mesma e me tornar independente. Por que não criamos algo nosso e abrimos um negócio juntas? O que você pensa para o futuro, Anna? O que você gostaria de fazer?

Foi isso que me disse Stefania em nosso habitual encontro matutino para um café no "Bar das Finanças" em frente a minha casa, infeliz com sua perspectiva de futura dona de casa, tão desejada por seu noivo ciumentíssimo.

Nunca me tinha feito seriamente essa pergunta, nem tinha feito planos de carreira.

Depois de sair da escola e me inscrever na faculdade de direito, já que as matérias científicas não eram para mim, procurei um trabalho como secretária para me manter estudando e tentar satisfazer alguns pequenos caprichos.

Na época, acordava todos os dias à mesma hora e, depois de um rápido café da manhã, me metia no trânsito caótico, enfrentando os 45 minutos de filas intermináveis nos semáforos e os barulhentos engarrafamentos nas rótulas, tentando poupar alguns minutos para chegar a tempo no escritório.

Todo dia, na rua Barriera del Bosco, onde sempre ficava presa em um ponto especial de engarrafamento por pelo menos 15 minutos, eu encontrava com frequência um homem: um barbudo sempre sentado em um montinho de terra que ele fazia com as mãos.

Agachado sob a sombra de uma árvore, observava aquele interminável vai e vem, igual todos os dias.

O olhar daquele indivíduo tinha algo de sereno e vislumbrava uma realidade distante da sua: todos aqueles homens, mulheres e crianças que passavam por ele, aprisionados em seus carros.

Ele era bastante discreto, como se não quisesse que percebessem sua presença a observar atentamente, admirado de encontrar sempre as mesmas caras nervosas e exaustas, os mesmos carros enfileirados um atrás do outro, e todo aquele buzinaço que soava como um protesto. Acho que pensava como seria difícil para todos aqueles homens encontrarem a tranquilidade que ele parecia ter atingido.

Suas pupilas se moviam atentas e direcionavam olhares quase benevolentes e indulgentes a todos aqueles motoristas que, a sua volta, olhavam com compaixão ou desprezo para ele e seus trapos jogados ao relento, muitas vezes úmido.

Todas as manhãs, eu me perguntava quem de nós dois era o doido, eu, a motorista nervosa, ou ele.

Eu pensava todas as noites sobre a pergunta que Stefania me fez sobre meu futuro.

A resposta chegou num fim da tarde, na hora de voltar do trabalho, dentro do meu carrinho, depois de ter evitado uma colisão frontal com um idiota que cortou minha frente, ao fim de uma jornada de trabalho interminável, tendo de lidar com um chefe briguento e dado a abusos, com colegas que eu preferiria não ter conhecido, falsos e interesseiros.

No fim do expediente, saí da vaga que achei a duras penas pela manhã, que só consegui depois de ter brigado com outro mal-educado convencido de ter visto o espaço antes de mim, tentando me fazer desistir dela obstruindo meu ingresso.

Naquela tarde, percebi um pequeno arranhão na lataria e limpador de para-brisas posterior desencaixado.

Todo dia, chegando em casa cansada, organizava a casa e preparava a janta com pressa, por causa daquela "fome famélica" que eu conseguia apaziguar pegando algum resto do dia anterior da geladeira e pedaços de queijo amarelados, porque mal colocados nas embalagens de plástico entreabertas.

– QUERO VOAR! - Gritei de repente - Sim! Encontrei! Quero voar!

O que mais me seduzia era a possibilidade de evitar a rotina diária, o tráfego da cidade, ver sempre os mesmos rostos nos mesmos lugares. Gostaria de me relacionar sempre com pessoas diferentes, mudar de espaços, expandir meus pontos de vista, ter a possibilidade de perambular pelo mundo e me deliciar com a culinária internacional.

Pensei isso mastigando uma bolacha de água e sal e a última azeitona no pote.

O sonho era voar, gostaria de ser aeromoça.

Então liguei para Stefania.

Stefania ficou entusiasmada com a ideia e me disse que também gostaria. Sua única preocupação era o noivo.

Um tempo depois, com os olhos brilhando e a página arrancada de uma revista, nos encontramos para ler com atenção e entusiasmo estas indicações:

Como se tornar comissário de bordo

"O comissário de bordo é sinônimo de confiança e compromisso, estilo e cordialidade; grande capacidade de organização, tenacidade, resistência ao cansaço e, sobretudo, vontade de trabalhar para os outros, entrando em contato com culturas e países diversos, dotes necessários para lidar melhor com o trabalho.

Nas seleções, busca-se praticidade, capacidade de se antecipar a e resolver problemas, capacidade de se relacionar, responsabilidade, autocontrole, estabilidade emocional, mente aberta e tolerância com o novo.

Características:

Idade entre 18 e 32 anos

Estatura mínima: 164 centímetros para mulheres, 172 centímetros para homens

Escolaridade: nível médio completo

Línguas: italiano e inglês avançado, conhecimento de uma terceira língua preferível

Boas habilidades atléticas e de natação

Sem tatuagens visíveis".

Tudo estava de acordo com nossas características e aspirações. Podíamos tentar, podíamos conseguir.

– Vamos mandar nosso currículo para a companhia aérea o quanto antes – eu disse.

Dito e feito.

Stefania preencheu os formulários, apesar das ameaças veladas do namorado, e enviamos tudo juntas, anexando também fotos tiradas com diligência e atenção.

Eu não disse nada a meus pais, pois estava certa de que eles não aprovariam nem apoiariam minha ideia.

— Vai, tira, tira a foto agora!

Escolhemos nossas roupas com cuidado: o *look* é importante nessas situações, e a roupa formal é a ideal.

— Fecha a camisa, por favor.

— Não, vira o rosto um pouco para a direita e segura os braços um pouco dobrados, com as mãos nas costas.

Depois de tirar os jeans rasgados, a blusinha *vintage* do mercadinho de quinta-feira e os tênis rosa-shock de algodão, pus um *tailleur* azul horrível que usei no casamento da Ágata, uma prima distante, e esqueci no armário por anos; uma camisa branca, meias-calças cor de pele e sapatos de salto alto combinando com a jaqueta completavam o *outfit*.

Prendemos o cabelo com elásticos pretos e muito laquê, um pouco de maquiagem, um deslumbrante sorriso falso e fomos:

— Vou bater a foto.

— Perfeitas!

Depois de mais ou menos um mês, recebemos as cartas com o convite para participar das primeiras seleções.

Minhas pernas tremiam enquanto eu abria o envelope; Stefania quase desmaiou.

Aproveitamos para participar de um curso rápido para relembrar o inglês meio enferrujado.

Fui determinada a convencer minha família pelo menos a participar da seleção: minha obstinação venceu. Não conseguiram me impedir de ir e esperaram, como o noivo de Stefania, que eu não passasse nas provas.

Pegamos um avião para chegar a Roma, a cidade de nosso importante encontro.

Stefania precisava comprar uma roupa adequada para a ocasião. Escolheu um *tailleur* preto, apertadinho mas um pouco rígido, pois seus movimentos ficavam pouco naturais e desconfortáveis nele. Eu arrumei o meu para que ficasse mais sóbrio.

No avião, não era a primeira vez que olhávamos com devota admiração aquelas mulheres uniformizadas que andavam pela cabine com muita desenvoltura e profissionalismo, mas, daquela vez, senti um pouco de inveja.

Logo depois da decolagem, olhei pela janelinha.

Vi encolherem os mesmos carros que via enfileirados todas as manhãs enquanto ia ao trabalho e apertei forte a mão de Stefania.

Passamos sem muito esforço em todos os testes da seleção, que durou diversos dias. Estávamos movidas por uma energia, determinação e entusiasmo inimagináveis, pondo de lado nossa timidez e mostrando até a nós mesmas uma desconhecida propensão à liderança.

A prova com o psicólogo foi, para Stefy, a mais difícil.

Eu fui a primeira a entrar em uma sala iluminada onde encontrei um homem encarregado do último exame antes da minuciosa inspeção médica final.

Esse exame foi, para mim, um papo agradável e relaxante, mas percebi que o homem tentava me deixar constrangida enquanto eu tentava não ceder.

Eu estava feliz.

Inesperadamente e depois de uma breve conversa inicial de apresentação, ele alegou não acreditar que eu fosse aquela pessoa positiva, correta e sociável que eu descrevia. Respondi que sentia muito, mas aquilo não me preocupava, pois sua avaliação talvez resultasse de nossa conversa amigável.

Fui convidada a participar da prova seguinte.

Saindo, pisquei para Stefy.

— Não há nada com que se preocupar. Vai tranquila — eu disse.

Stefania entrou logo depois.

Poucos minutos depois, vi-a sair muito séria.

— Vai se ferrar, quem aquele mal educado pensa que é?

— Stefania, o que aconteceu?

— Não sei quem é ele, mas com certeza não quero nunca mais encontrar com um cara como aquele. Ele disse que meu cabelo é bagunçado e minhas roupas inadequadas.

— Cabelo bagunçado? Roupa inadequada?

— Que mal educado!

— Como ele ousa?

— Fez umas perguntas inoportunas, muito íntimas, e eu respondi que não eram da conta dele. Depois, me disse: "mas quem você pensa que é?" Naquele ponto, eu já estava bufando de ódio e respondi que ele deveria cuidar o que dizia. Depois, bati a porta na cara dele!

Era nossa teste de tolerância ao estresse. Em um trabalho que envolve contato contínuo com o público, essa é uma habilidade necessária.

Nem preciso dizer que Stefania não foi convidada para a prova seguinte.

Voltou para casa chocada, perguntando onde tinha errado. Seu noivo foi o único que ficou feliz com o insucesso, e suas perguntas ficaram para sempre sem resposta.

Enquanto isso, eu comecei um curso que durou três meses, onde fui treinada para extinguir incêndios e como me comportar em caso de emergência.

Também estudei as questões técnicas de diversos tipos de avião e a composição da bagagem, alguns pontos de medicina para a habilitação em primeiros socorros e, depois de superar os exames de técnica, medicina e inglês, estava pronta para entrar em um avião na posição que tanto sonhei: a de aeromoça.

Durante o curso, conheci três garotas, e ficamos amigas: Eva, Valentina e Ludovica.

Dividimos o quarto de hotel durante todo o período e, depois que assumimos o cargo, decidimos alugar uma casa em uma região perto do aeroporto Fiumicino, nossa base.

Foi assim que começou nossa aventura.

Eu, Eva, Valentina, Ludovica

A casa tinha dois quartos, cada um com uma cama de casal, e o único banheiro estava sempre ocupado: difícil encontrá-lo livre, assim como o telefone de casa.

Tentamos nos adaptar àquela situação e conseguimos conviver, não sem alguns pequenos desentendimentos, tentando chegar a pequenos compromissos (o mais difícil era decidir quem lavaria os pratos sujos).

Eva tinha lindos cabelos ruivos, ondulados e sedosos que deslizavam pelas costas. Seus olhos castanhos claros pareciam verdes nos dias mais ensolarados, seu porte era ágil e esbelto. Vinha do "alto Bérgamo", como ela dizia, e tinha o espírito de "verdadeira napolitana", expansivo e caloroso. Amava a bagunça, sempre tinha uma máscara facial para experimentar e era frequente que perambulasse pela casa com a sua favorita, de argila verde. Usava óleo de amêndoas para deixar os cabelos mais sedosos.

Ludovica nunca parava de falar e não sabia fazer parar o palavrório que nos atingia assim que abrisse a boca.

Era loira com lindos cachos, olhos intensamente azuis e uma pele lisa e clara. Suas curvas eram fartas e harmônicas. Muito organizada e meticulosa (o oposto de Eva), usava *tailleurs* de marca e guardava seus suéteres individualmente em sacos plásticos transparentes. Cozinhava maravilhosamente.

Vinha da Sardenha e era noiva de um rapaz seu conterrâneo que vinha com frequência ficar conosco, às vezes obrigando sua companheira de quarto, Eva, a dormir no sofá.

Ludovica era doida por penteados.

Eu dividia um quarto com Valentina, que era uma moça cheia de vida e entusiasmo, muito sensível, honesta e generosa.

Seus cabelos eram escuros e lisos, com corte chanel. Os olhos eram pretos, muito profundos e sensuais, e o porte físico era enxuto e bem modelado.

Valentina gostava de dormir tarde, melhor se a noite fosse acompanhada de seu *drink* favorito: Montenegro com gelo. De manhã, demorava no banheiro porque as lentes de contato davam muito trabalho.

Éramos muito próximas.

— Hoje fomos convidadas para a festa de boas-vindas na casa daqueles pilotos que vivem na rua Masotta, perto de casa! – disse Eva.

— Por que não damos um pulo? – eu disse.

— Sim! – concordou Valentina.

— Estou curiosa para conhecer nossos vizinhos.

Ludovica foi logo montar um penteado, e eu provei quase todos os vestidos do armário, me perguntando se eu algum dia conseguiria fechar o zíper lateral daquelas lindas calças azuis. Eva usou seu novo óleo essencial de lírio-do-vale, e Valentina correu para se maquiar.

Alegres, demos os primeiros passos em direção àquele mundinho à parte, até então desconhecido: o reino dos "voláteis", diferente dos meros "passageiros", como costumam distinguir aqueles que trabalham nos aviões.

O que logo percebemos "neles" foi a familiaridade com lugares que nós só sonhávamos em visitar e a facilidade que tinham de alcançá-los graças ao hábito de viajar; a capacidade de se adaptar em qualquer lugar do mundo, devida ao conhecimento da população e dos territórios, da cultura e das tradições; a profusão de amizades que conseguiam manter em diversos lugares, pois os frequentavam constantemente; a mente aberta, necessária para estar em contato com o mundo e seus habitantes, assim como muitas manias e fixações que cada um carregava consigo naquela segunda casa que era a mala de viagem.

— Uma vez volátil, sempre volátil — disseram-nos baixinho, como se fosse uma verdade oculta, uma marca que carregaríamos para sempre.

Compreendemos que começar a "voar" seria como viver duas vidas paralelas que vão se alternando sempre que se sai para trabalhar. É como falar uma língua nova, incompreensível aos demais, onde o mundo é a sua casa, e a casa é o seu mundo.

Descobrimos que havia eventos quase todas as noites. Éramos uma espécie de grande família que se reunia entre os que retornavam de voos e descansavam entre um turno e outro. Mas, se era preciso partir no dia seguinte, nos prometíamos ir dormir cedo para evitar aquela horrível dor de cabeça e náusea matinais que, no voo, ficam muito piores por causa da altitude e do ar condicionado.

Durante o trabalho, era necessário estar impecável. Os voos e os passageiros a enfrentar seriam uma dura prova, isso sabíamos bem.

Depois de ter assinado o contrato com a empresa, na grande sala de um majestoso edifício e, com grande surpresa, designado o destinatário do seguro de vida em caso de falecimento, constatamos emocionadas que logo nós também seríamos voantes "voláteis"

O primeiro voo

O primeiro voo é inesquecível para todos.

Fui designada para um bate e volta em Paris. Eu estava emocionada, desajeitada ao entrar naquele avião completamente vazio, pronto para receber nossa bagagem antes dos passageiros. Finalmente, comecei a conhecer os segredos dos *galleys*, que são uma espécie de cozinha de bordo onde estão os fornos para esquentar as refeições, a geladeira para manter as bebidas frescas, todos os carrinhos com os mantimentos, a área destinada ao lixo, os equipamentos necessários para o bom funcionamento do voo. Nessa área, é preparado todo o serviço antes que ele comece. Para as aeromoças, é o lugar mais íntimo, o único lugar suficientemente reservado, que permite alguns poucos minutos de distância dos passageiros, graças a uma cortina que concede alguns preciosos momentos de privacidade nos voos muito longos: as confidências e revelações geralmente vêm à tona ali, no "baú de segredos" das aeromoças.

Verifiquei, além da bagagem, que tudo tinha sido limpo corretamente, que o serviço de *catering* tinha abastecido corretamente todos os carrinhos, os fornos e a geladeira, que os equipamentos e as luzes de emergência estavam em funcionamento.

Eu era o oposto de minhas colegas, tão desinibidas e seguras nos movimentos, já veteranas, como se diz.

No curso, tínhamos visto todos os alçapões, os carrinhos e as gavetas armazenados dentro do avião. Era uma infinidade, todos completamente cheios de materiais necessários para o bom andamento do voo.

Decidi abri-los todos para ver o que continham e memorizá-los para utilizá-los com mais rapidez.

Fechei-os e logo esqueci a posição e o conteúdo de todos, pois eram muitos, e todos idênticos quando vistos de fora.

Repeti isso várias vezes. Às vezes a sorte me ajudava a adivinhar onde estava o que eu procurava, às vezes me rendia na busca de copos de plástico depois de uma vitória parcial sobre os pacotes de café e leite em pó. Acho que os tapa-olhos mudavam de lugar a cada voo, como se fosse um truque de mágica: depois de encontrá-los em uma gaveta, via-os em algum outro lugar.

Eu olhava minha saia que cobria o joelho, a meia-calça lisa e cor de pele que, até então, nunca tinha usado, os sapatos de salto alto, que combinavam com a bolsa, uma blusa bem engomada, lenço no pescoço, jaqueta frisada e o obrigatório crachá.

Tudo aquilo estava agora no meu corpo. Vesti aquele uniforme pela primeira vez, do jeito mais correto que consegui. Meu nome estava naquela plaquinha, o que era uma grande honra, e eu a usava com orgulho, entusiasmo, até certa solenidade: era o início de um sonho magnífico.

Queria tirar outra foto e mandar para Stefania. O sorriso desta foto seria sincero, ao contrário daquele nas fotos tiradas para a seleção. Além disso, diria que sentia saudades dela e que gostaria que ela estivesse comigo.

Naquele momento, o nervosismo e a emoção do primeiro voo me deixaram dura.

A cor da jaqueta do uniforme era muito parecida com a das poltronas, e eu me sentia mais próxima delas do que de uma aeromoça "de verdade".

Felizmente, tudo ocorreu bem e, acredito, ninguém percebeu minha apreensão durante todo o voo. Talvez tenha aparecido durante minha primeira demonstração dos procedimentos de segurança.

Todos os olhos estavam sobre mim, e eu não estava preparada para enfrentar de maneira natural aqueles inúmeros olhares que se voltavam para mim.

Senti um rubor nas faces, e as mãos começaram a suar, a tremer um pouco, quando demonstrei como afivelar o cinto de segurança.

Nunca tinha tido nenhum problema para encaixar fivela metálica na fenda, mas, naquela situação, ficou difícil. Tentei segurar o tremor dos dedos que me impedia de encontrar o buraco certo.

Já com o suor escorrendo, consegui terminar aquela estranha demonstração, como uma dança seguida de movimentos de mãos.

Sentia-me como uma atriz em um filme mudo que seguia o texto lido e transmitido pelos alto-falantes do avião, enfatizando com gestos as instruções dadas.

Durante os anúncios de boas-vindas, foi estranho ouvir minha voz ecoar por todo o avião, e só depois de muitos voos fui conseguindo modulá-la melhor, tentando evitar inflexões dialetais, principalmente o "ó" aberto. Os anúncios deviam seguir uma fonética estrita e fechada, e que eu precisava sempre repetir:

"Buongiòorno, benvenuti a bòordo."

"Benvenuti a Ròoma."

Dei-me conta de que apertando as bochechas e fechando a boca um pouco, contraindo os lábios e evitando as nasalizações, conseguia encurtar o som:

"Buongiòorno", *"bòordo"* e *"Ròoma"* finalmente viraram *"Buongiorno"*, *"bordo"*, *"Roma"*.

Depois de um voo doméstico entre Roma e Bolonha e uma viagem internacional logo em seguida de Bolonha a Paris, cheguei ao destino final, embora aquele maldito "ó" ainda me acompanhasse.

Depois da despedida dos passageiros, um ônibus me levou para o hotel e, como sempre acontecia, depois de feito o *check-in*, combinamos de sair para jantar juntos.

— Nos vemos às 20 horas, nada muito formal.

Foi o que me disseram os colegas antes de ir para o quarto trocar de roupa.

Aprendi por minha conta que é importante ser pontual.

Eu estava feliz por estar em boa companhia e por estar sendo guiada por eles, que conheciam bem a região.

Teríamos jantado no famoso restaurante *"La Coupole"*, na *Boulevard Montparnasse*, conhecido pelo *entrecôte* e um bom vinho tinto.

Eu teria provado avestruz com o aperitivo, e teria tirado muitas fotos para lembrar a ocasião. Teria mostrado as fotos para Stefania, minha mãe, meu pais, minhas primas. Eu teria sido a princesinha parisiense jantando em um famoso restaurante francês na companhia de pessoas que viajavam, que conheciam o mundo e viviam em hotéis luxuosos. E eu junto a eles, fazia parte daquele sonho que virava realidade.

Achei que não deveria chegar bem no horário combinado no saguão do hotel, pois "uma senhora deve sempre se fazer de difícil". Era assim de onde vim.

Aprendi que "uma colega" não pode fazer isso, porque aquele "nada muito formal" significa: "Máximo de cinco minutos de atraso permitidos".

Jantei sozinha na lanchonete do hotel, que só servia sanduíche na chapa: comi um *croque monsieur* de presunto e uma ótima *soupe d'oignons*, vulgarmente conhecida como sopa de cebola. Aqui, tudo era diferente, até a sopa.

Na época, eu não era acostumada a comer sozinha em restaurantes e estava envergonhada pela situação. Escondi o embaraço com um livro do Hemingway aberto ao lado do prato e o celular em mãos. As mesinhas eram típicas, pequenas e próximas umas às outras. Ao meu lado, estava uma senhora elegante com cabelo preso, vestindo um conjunto da Chanel.

Na manhã seguinte, depois de visitar a torre Eiffel, uma parada rapidinha pelo Arco do Triunfo e as vitrines cintilantes da Champs-Élysées, almocei apressada no renomado *"Relais de Venice"* na rue Pereire, e não deixei de passar pelo cabeleireiro *"Carita"*, especialista em *makeovers*, que cortava o cabelo depois de ter estudado os traços da pessoa e adaptando-o ao formato do rosto.

Uma ilustre colega "entendida", que tinha um corte espetacular e que conheci em trânsito no aeroporto, foi quem me aconselhou o local.

Nunca confie cegamente nos conselhos das colegas. Também aprendi essa.

Com uma franjinha horrível sobre a testa e a conta bancária quase zerada (por sorte eu tinha um cartão de crédito, e o champanhe e os canapés de salmão eram cortesia do cabeleireiro), voltei para o hotel bem na hora de pôr o uniforme, tentar esconder a franja com gel e fechar a mala que, sabe-se lá por que, na volta parece nunca ter a mesma capacidade da vinda, e nenhum voo é exceção.

Desta vez, a falta de espaço era por causa do chapéu retrô que, embora fosse quase certo que nunca conseguiria usar, me fez sonhar e, portanto, não resisti e comprei, depois de tê-lo visto no mercado de pulgas de *Saint Queen*.

Uma colega do voo me disse que tinha ido para a loja de departamento *Lafayette* e para outra loja na rue du Bac onde se encontram de sofás de P. Starck a lanternas de bolso do tamanho de uma pilha, de sacolas de compras extravagantes a armários feitos de corda e botões. Anotei para ir da próxima vez que estivesse na cidade.

Logo depois da aterrissagem, os colegas prepararam o "*happy landing*" em minha honra, um drink à base de espumante e suco de laranja para festejar minha "primeira vez".

Voltei para casa lívida, pronta para mostrar meu chapéu novo para a Eva, a única que apreciaria a compra e que seguramente o pediria emprestado. Pelo menos ele seria usado.

Valentina dormia na cama, exausta de um voo longo e despreparada para a súbita mudança de fuso horário e de temperatura.

Em Buenos Aires, é inverno quando na Itália é verão, e a diferença de fuso é de quatro horas.

Seu corpo achava que era noite, pois estava acordada há treze horas (mais ou menos a duração do voo), mas a luz do sol e aqueles raios tão prepotentes diziam que era hora do almoço, o que era estranho, já que tinha comido a janta no voo poucas horas antes.

Naquela noite, não conseguiria dormir. Infelizmente, eu também não, já que dividíamos o mesmo quarto.

A maquiagem borrada no rosto de Ludovica e seus cachos, que pareciam rebelar-se contra as presilhas exaustas que os continham, confirmavam que ela também precisava de repouso. Suas pernas estavam inchadas como dois pãezinhos por causa da pressurização do avião.

Não é surpresa que seu noivo "não volátil", como todos os futuros maridinhos das aeromoças, iria querer sair na manhã seguinte para um passeio com a amada, que não via com frequência. A hora do almoço seria ideal para almoçar, de tarde um passeio pela cidade e, que grande ideia: "um cineminha depois?"

Também seria inútil tentar explicar a necessidade de um longo repouso, não importava o horário que fosse no meridiano de *Greenwich*.

É difícil explicar ao namorado que não saímos de férias e que aquelas poltronas macias e reclináveis, com lugar para apoiar os braços, era para os passageiros, não para as aeromoças. Também inútil dizer que não tivemos tempo para assistir ao filme que projetam.

Trabalhamos por muitas horas e chegamos exaustas.

Abro a geladeira e já consigo sentir o gosto do lombo que Valentina trouxe da Argentina e guardou no gelo seco durante o voo.

Na cozinha, vendo a nova faca de cerâmica e os saquinhos de chá verde, adivinho a causa da rebeldia dos cachos de Ludovica: o voo para Tóquio dura pelo menos doze horas, nem mesmo seus penteados sempre impecáveis resistiram. Ludovica, antes de se despedir para o tão necessário repouso pós-voo, deu suas impressões sobre aquela cidade tão frenética que contrasta com a delicadeza de seus habitantes, com aquela extrema timidez que os leva às vezes a rir cobrindo a boca, com seus milhares de reverências ao saudar alguém. Ficou impressionada com aqueles vertiginosos arranha-céus, com as multidões de carros e pedestres nas ruas, com a escrita incompreensível dos ideogramas japoneses. Contou que foi ao mercado de peixes de *Tsukiji*, o maior do mundo, tão limpo e organizado, que viu papelarias de nove andares e bares que comportam no máximo cinco clientes. Contou que se perdeu em *Harajuku*, um quarteirão de moda na pequena rua *Takeshita*, entre pequenas lojas da moda frequentadas por jovens com roupas extravagantes. Descobriu que existem restaurantes chamados *Maid Café*, onde as atendentes escolhem um cliente e demonstram sua submissão, o massageiam e entretêm com danças e canções, como as antigas gueishas. Nos *Butler Cafés*, os mordomos atendem mulheres de modo similar. Também nos contou que os preços de máquinas fotográficas e filmadoras novas eram muito bons, mas que também era possível encontrá-las usadas em perfeitas condições, bem como as últimas tecnologias que nem tinham chegado à Itália. Disse também que os relógios de marcas famosas custavam até 35% menos do que nas lojas italianas, e que era possível encontrá-los usados também. Disse, por fim, antes de cair na cama de cansaço, que, em um restaurante chamado

Al dente, o espaguete era espetacular, quase melhores do que os italianos, e que adorou a massagem com quiroprata que fez em *Shinjuku*.

Aprendemos algumas regras simples mas necessárias, que eu anotei em uma folha de papel e prendi na geladeira com o ímã que Valentina comprou em Buenos Aires, com dois dançarinos de tango e a frase "*Bienvenido a Argentina*", o primeiro de uma série de ímãs que vinham de todas as partes do mundo que acabaram enterrando a geladeira e escondendo aquele lembrete que no começo foi muito útil para todas nós. Nos anos seguintes, passou a fazer parte de mim.

Ele dizia:

"O que não fazer:

— Não dar a impressão de estar com pressa.

— Nunca falar com os colegas sobre assuntos pessoais durante o serviço.

— Evitar expressões de irritação ou mau-humor, assim como comportamento inconstante.

— Tentar evitar frases imperativas como 'Feche a mesinha!', 'Cinto de segurança!' ou 'Celular!', mas convidar gentilmente o passageiro a seguir as ordens.

— Não falar com os colegas em voz alta.

— Tentar encontrar lugares próximos para pessoas que viajam juntas, fazendo eventuais trocas de assento, e sugerir que cheguem ao check-in com alguma antecedência para ter mais opções de assento.

'Lembrete'

A- Requisitos básicos: capacidade de garantir a segurança a bordo, responsabilidade e profissionalismo.

B - O passageiro precisa de conforto psicológico, proteção do estresse e do medo de voar.

C - Não pode faltar: cortesia, atenção e disponibilidade durante toda a duração do voo."

Compreendemos, com o tempo, que nosso comportamento é fundamental para resolver problemas a bordo. Alguns inconvenientes eram alvo de críticas dos passageiros e exigiam alguma intervenção. Conseguir comunicar-se claramente e tentar resolver as dificuldades e problemas que apareciam a bordo nem sempre era fácil. Era sempre necessário levar em conta a gravidade do problema, o contexto, o caráter e o estado emocional do indivíduo com quem nos relacionávamos, porque não se conhece nunca a pessoa com quem nos relacionamos a bordo, as situações que poderiam acontecer e as possibilidades de agravamento que poderiam surgir posteriormente.

Com calma e determinação, era fundamental ajudar, transformando o problema do outro em problema nosso, apresentando-se como uma referência segura, compreendendo as razões do ocorrido para resolvê-lo.

Era importante ouvir o que dizia o outro, mas também olhar a situação de maneira objetiva, informar e explicar com sensibilidade e responsabilidade, indicando com transparência as possíveis soluções.

Com frequência, a insatisfação do cliente era influenciada por fatores externos, como atrasos, conexões complicadas, embarques desordenados, aviões desconfortáveis ou serviço de limpeza apressado. Portanto, um comportamento compreensivo e propositivo podia ajudar a resolver os problemas.

Medo de voar

Em um dia de outubro, Eva ficou insuportável depois das discussões que costumávamos ter sobre a arrumação da casa, porque as repreensões eram majoritariamente voltadas a ela.

Eu ouvia os palavrões e as coisas que ela dizia em napolitano, que contrastavam tanto com seu falar comumente desprovido de inflexões dialetais.

Seriam as radiações cósmicas, os campos magnéticos ou o barulho dos aviões responsáveis por aquela mudança de humor?

No meio-tempo, Ludovica decidiu marcar uma massagem ayurvédica para fortalecer os músculos, relaxar o corpo e estimular a circulação com a esteticista indiana que alugou um espaço na vizinhança, e nos informou que, a partir de segunda-feira, estaria de dieta, pois Eva tinha dito que ultimamente parecia ter ganhado peso.

Eu estava aninhada no sofá, com roupas de ficar em casa e um suéter bege masculino; uma coberta sobre as pernas me protegia dos primeiros ventos do inverno, e eu tentava ter um momento de relaxamento.

Não conseguia dormir porque a adrenalina do pós-voo ainda não tinha passado.

De repente, me veio a lembrança do dia anterior.

Eu tinha conhecido a bordo o casal Lucherini: a senhora Lucrezia e o doutor Massimo.

Durante o embarque, logo percebi alguns sinais de tensão em seu comportamento. Eles começavam a tomar assento, com as costas um pouco recurvadas, caminhando rigidamente, com o queixo baixo e uma atitude passiva e dócil.

Os braços dele estavam retos e estendidos rigidamente ao lado do corpo, os dela estavam cruzados, quase se protegendo instintivamente, e ambos olhavam ao redor, como se estivessem procurando algo, uma forma de escapar.

As pupilas de ambos estavam completamente dilatadas, como se sofressem de midríase.

Os movimentos do corpo eram lentos, e eu percebia que eles me direcionavam um leve sorriso, que eu retribuía com graça.

Estavam rígidos na poltrona, apoiados na borda externa da cadeira, com um pé para frente e outro para trás, como se quisessem escapar. Mudavam constantemente de posição, como se a poltrona estivesse em chamas.

Meu responsável, que parecia um sósia de James Dean, sempre alegre mas com uma tristeza quase imperceptível no olhar, me fez um sinal para cuidar deles.

Aproximei-me do casal, perguntando se precisavam de minha assistência, e a senhora disse que não, enquanto sua cabeça dizia sim, e começou a balançar o busto, prendendo a respiração como se não quisesse ser notada.

Logo me dei conta da situação. A senhora sofria de um distúrbio bastante comum, que cria diversos problemas e ataca de forma indiscriminada: o medo de voar.

Eu tinha aprendido no curso como me comportar nesses casos: o medo excessivo pode degringolar em pânico, o temor pode ficar insuperável e levar até à total perda do controle.

Os sintomas são vertigem, náusea, nó na garganta, palpitações, suor frio, taquicardia.

Embora eles não tivessem pedido, dei alguns conselhos sobre o que fazer caso sentissem algum mal-estar. Reprimir o nervosismo só o aumenta. Deve-se, no lugar, aceitar os próprios medos e enfrentá-los de forma positiva, para conseguir geri-los e controlá-los.

Além disso, sugeri que não tomassem nenhuma cafeína, lessem um bom livro ou fizessem uma palavra-cruzada para manter a mente ocupada.

Durante a decolagem, vi seus rostos empalidecerem, e a chamada de comissários acender sobre eles.

Depois de tirar o cinto de segurança, fui averiguar a situação.

A senhora começou a se soltar:

— Desculpe se a incomodo - disse timidamente -, mas gostaria de informar que estou aterrorizada. Qualquer movimento que sinto, tenho a impressão de que meu estômago se parte em dois. O problema é que o poço de ar me provoca sensações desagradáveis. Preciso pegar o avião para encontrar com minha mãe, que já está muito velha, na Alemanha, então não posso evitar.

Vi que ela passou a mão pelos cabelos e começou a enrolar um cacho freneticamente.

O marido aproximou-se dela, como se quisesse confortá-la, um pouco duro e desajeitado, os lábios contraídos e as mãos suadas. Também dava sinais claros de desconforto.

– Os temporais são perigosos? - perguntou baixo, engolindo pedaços das palavras e mexendo os músculos faciais continuamente.

O marido começou a tamborilar com os dedos na mesinha à frente.

Com o tom seguro e decidido, disse:

– Não, tudo está sob controle, nós não teríamos partido se houvesse qualquer perigo. Tudo está sob controle – repeti. – A chuva não vai criar nenhum problema para nossa segurança. As sensações desagradáveis que os senhores sentirem será por causa do vento, que causa uma oscilação absolutamente normal.

Voltei ao *galley* para organizar o serviço com meus colegas.

A senhora me seguiu logo depois.

– Por favor, me ajude. Estou com vontade de gritar e chorar. Todo voo é uma tragédia, e eu começo a ficar nervosa um mês antes da viagem, só de pensar em fazer a mala. Morro de vergonha disso, mas não sei o que fazer, gostaria de desaparecer! – ela implorou com fervor e humildade.

– Fique tranquila, a senhora pode ter a impressão de que o avião dá solavancos, mas isso é só fricção.

Fui me aproximando lentamente, até que cheguei a seu lado, sem hesitar.

Falando baixo, de modo claro e escolhendo bem as palavras:

– Não se preocupe, eu estou aqui – disse levemente recurvada, aproximando-me dela para tentar dar o apoio desejado e tentando diminuir seu embaraço e aquele nervosismo.

Eu respeitava aquele medo irracional e compreendia o desconforto.

Apertei seu braço com firmeza, segurando-a delicadamente com as duas mãos, e olhei em seus olhos para estabelecer um contato mais próximo.

Acompanhei-a de volta ao seu assento.

A senhora parecia minha mãe: mesma idade, muito educada, aparentemente frágil. Foi fácil entrar em sintonia com seus sentimentos.

Durante o voo, passei pela cabine diversas vezes, trocando olhares com ela para tranquilizá-la.

Ela me chamou de novo quando houve mais uma turbulência, e eu tentei sanar aquelas dúvidas e temores que persistiam e transpareciam na postura sempre rígida.

Disse que a segurança do avião é de altíssimo nível, que os controles técnicos e a manutenção são contínuos e que os pilotos são perfeitamente treinados.

Durante a preparação para a aterrissagem, ela me perguntou, com uma tranquilidade fingida:

— São normais esses barulhos ou há algo de errado?

Expliquei a ela de onde vinham todos os barulhos que poderiam causar desconfiança: o posicionamento do trem de aterrissagem, a abertura das escotilhas, a aceleração e as variações dos motores, a abertura dos *flaps* e *slats*, o toque do nosso microtelefone, os avisos de chamada dos passageiros.

Senti que ela gostou de saber daquilo, mesmo continuando a roer as unhas inconscientemente.

Aconselhei que ela inspirasse e expirasse profunda e lentamente para oxigenar o corpo e relaxar os músculos, adicionando algumas técnicas de visualização positiva para auxiliar no relaxamento.

A senhora agora parecia sentar-se com mais conforto, mais à vontade, assim como o doutor Lucherini, embora em seu rosto ainda houvesse uma expressão incerta, um pouco de fingimento, com o lado direito do sorriso um pouco mais alto do que o esquerdo.

— Você é nosso anjo dos céus — disse.

Na descida, houve apenas algumas leves turbulências devidas ao mau-tempo, e o voo terminou com uma aterrissagem macia.

— Senhoras e senhores, bem-vindos. Desejamos uma estada agradável.

Chegamos no horário exato a Frankfurt.

Antes de sair, a senhora me deu um abraço discreto e elegante e me agradeceu.

Eu que estava grata por sua gentileza.

O marido apertou minha mão com vigor e a força recuperada, demonstrando a classe que eu reconheci desde o início.

— Até logo!

Estas são as lembranças que nos vêm de súbito quando estamos tentando descansar em casa. De repente, ouvi a porta bater.

Eva havia saído.

Pus a coberta sobre o rosto para evitar a luz que entrava pela janela.

Chegara a hora de relaxar. Eu estava quase dormindo, perdida nos pensamentos, achando que voar, ficar preso dentro de um avião, pode não ser nada natural, portanto, desenvolver medos inconscientes é perfeitamente compreensível. Lembrei naquele momento histórias do meu passado. Compreendi como elas podem nos influenciar por praticamente toda a vida.

A adolescência

Desde jovem, ter pouco tempo disponível sempre foi motivo de sofrimento, porque me sentia prisioneira dos poucos espaços pessoais e dos breves momentos de liberdade, já que devia respeitar rigorosamente os horários impostos de forma atenta.

Eu não era dona do meu tempo.

Lembro que, até os 18 anos, precisava voltar para casa no máximo às 11 da noite, nos poucos sábados em que me permitiam sair.

Meus amigos se reuniam às nove para decidir onde comer, então nunca conseguíamos sentar à mesa antes das 10.

Eu sempre tinha pressa, ficava nervosa se o garçom demorava para chegar, não conseguia aproveitar a companhia dos outros porque sabia que precisaria voltar para casa logo.

Só me sobrava tempo para fazer o pedido, na esperança de que um atendimento rápido permitisse pelo menos que eu saboreasse aquela pizza, mesmo depois de perder o apetite, pois meu estômago começava a ficar tenso, e os sucos gástricos se misturavam com a agitação.

De qualquer forma, eu me levantava da mesa já atrasada para voltar para casa no horário estabelecido.

Era sempre difícil convencer alguém a interromper a janta para me acompanhar, mas o horário de retorno era inderrogável e categórico, e eu não tinha nenhum meio de transporte.

No trajeto para casa, eu implorava para que nenhum limite de velocidade fosse observado. Às vezes as luzes vermelhas do semáforo eram simplesmente ignoradas.

Eu morria de medo de correr no carro, e esse medo permanece comigo até hoje. Eu ó via as luzes noturnas passarem voando por mim; os faróis dos outros carros e os postes ficavam para trás muito rapidamente.

Era o preço a pagar para evitar as humilhações e repreensões na minha volta. Se eu saísse da linha, encontrava a porta da frente fechada por dentro e precisava inventar qualquer desculpa para não precisar ver aquela careta ameaçadora de meu pai, enfurecido com minha desobediência, com minha falta de respeito, além de certamente preocupado.

Intimidações e punições vinham na forma de gritos, surras e novas proibições ainda mais rígidas.

Tudo isso só pelo atraso de poucos minutos.

Poucos minutos.

Com certeza meu pai foi severo demais.

Lembro o dia em que eu estava muito feliz por ter conseguido permissão para ir à festa de aniversário de minha melhor amiga. Foram dias tentando convencê-lo.

Iria encontrar um rapaz, colega de classe, de que eu gostava muito.

Como eu precisava deixar minha roupa de acordo com os padrões de meu pai (talvez rigidez de meu pai fosse mais apropriado), a saia não podia ser muito curta, nenhuma peça de roupa justa e sapatos sem salto. Então, decidi provar uma maquiagem que ganhei de presente.

Minhas mãos inexperientes exageraram nas bochechas, aquele *blush* tão rosa e tão agradável aos olhos, aquele batom tão brilhante, tão vermelho, faziam eu me sentir mais bonita. Um pouco de rímel nos cílios fecharia o *look*.

Eu tinha 17 anos, e aquela maquiagem ficou horrível aos olhos de meu pai, inadequada para sua garotinha que estava tentando parecer uma moça sedutora.

Irritado, esfregou com força a mão na minha boca, espalhando o batom pelas bochechas para tentar apagar meu trabalho tão cuidadosamente pintado.

Meus olhos começaram a lacrimejar, e o rímel borrou minhas pálpebras inchadas de lágrima. Olhei-me no espelho do banheiro e vi a máscara de um palhaço.

Depois de me lavar com um sabão que queimava os olhos, mas que retirou todos os resíduos da maquiagem borrada, finalmente ganhei permissão para sair e fui àquela tão sonhada festa, com o rosto vermelho e úmido, mas sem maquiagem.

Não consegui me divertir.

Como eu queria, naquela época de adolescente, fugir, ir para longe, partir, viajar, viver sozinha.

Os sonhos, armados de teimosia e força de vontade, às vezes não se tornam realidade. Mas compreendi, naquele dia, onde e quando nascem.

Aos pouquinhos, dia após dia, mês após mês, ano após ano, eu ia aprendendo coisas importantes e adquirindo experiências necessárias para me relacionar melhor com meus colegas e passageiros com personalidade e características diversas e heterogêneas.

Mas também compreendi logo que a organização da minha vida era decidida no fim do mês, quando publicavam a esperada "folha de turnos", uma planilha aparentemente anônima e fria onde constam as escalas do mês seguinte.

A companhia aérea inseria esse comunicado oficial nos escaninhos pessoais, uma extensão de infinitas caixinhas postais enfilciradas em uma sala no aeroporto digna de filme policial. Hoje o comunicado é feito por *e-mail*.

A "folha de turnos", que eu contemplava mês a mês, me dava ansiedade, muitas vezes entusiasmo e grandes expectativas, às vezes desilusão por aqueles repousos e férias que eu pedia e nem sempre eram concedidos.

Todos os encontros, compromissos, casamentos de que poderia ter participado, as finais de futebol, os ingressos de primeira fila no teatro, a despedida de solteira da minha melhor amiga, o aniversário de algum namorado, a ceia de natal, o aniversário dos meus pais, a semana no chalé na montanha, o curso de tango às quintas de tarde: era muito difícil participar disso tudo, e era preciso adaptar-se às decisões tomadas pelo computador da companhia.

A partir daquele momento, era possível aceitar ou recusar convites, combinar encontros importantes, estabelecer horários estranhos para assistir a aulas, fazer de tudo para chegar a tempo em qualquer lugar, ou então chegar, mesmo que atrasada, nas reuniões de condomínio; dizer adeus aos torneios de truco, mas, em compensação, ter a "satisfação" de ouvir Gigi Marzullo, cambaleando de sono por causa do fuso.

Havia cerca de dez dias de descanso por mês, enquanto a divisão valia para os outros 20.

Eu, Eva, Valentina e Ludovica sempre esperávamos ter dias e horários de partida diferentes uns dos outros, tanto para ter mais espaço em casa quanto para poder organizar melhor o tempo em nosso principal problema: banhos muito longos.

Era comum que um voo começasse logo cedo, e o despertar costumava ser uma hora antes.

Depois de um café da manhã muito rápido e uma bela ducha revigorante, punha-se o uniforme preparado no dia anterior, certificando-se de que os sapatos estivesses lustrados e que as meias-calças não estivessem desbotadas da máquina.

Grande parte de nós tinha um segredo "inconfessável": a camisa ficava por dentro dos *collants* horríveis – muitas vezes feitos sob medida para evitar o surgimento de veias varicosas e inchaços por causa da pressurização da cabine. Só assim era possível evitar que a camisa escapasse da saia quando levantávamos os braços para organizar as bagagens dos passageiros.

Embaixo da saia éramos uma desgraça!

Organizada a roupa, passávamos a maquiagem, verificávamos se o cabelo estava em ordem e, por fim, os documentos.

Na bolsa de mão, não podiam faltar uma roupa sobressalente, lanterna, o caderno com os comunicados de voo, o manual operacional, meia-calça extra, sapato de salto mais baixo para as rotas mais longas, luvas de pele. No *Crew Briefing Center* do aeroporto, o lugar onde se reúnem todas as tripulações, começava o *briefing* em cada uma das salinhas reservadas.

Nós nos reuníamos para conhecer a tripulação, nos apresentávamos, discutíamos questões críticas do voo, sobre as condições meteorológicas, éramos informados dos aspectos comerciais, sobre o tipo de serviço e sobre os passageiros que estariam no voo.

O enquadramento era quase militar: havia uma hierarquia, e ela devia ser respeitada.

À frente de toda a tripulação estava o comandante, depois o copiloto e, a seguir, o assistente de voo, de acordo com o grau.

Todos os assistentes de voo, no que diz respeito ao serviço prestado e o relacionamento com os passageiros, tinham como ponto de referência o responsável da própria área de trabalho que colaborava com o chefe de cabine, o qual, por sua vez, comandava o andamento do voo e mantinha contato com o *cockpit*, ou seja, o piloto.

Ao final do voo, cada assistente era submetido a uma avaliação escrita e assinada, onde eram avaliados o profissionalismo, a competência técnica, o conhecimento das línguas estrangeiras, a assistência dadas aos passageiros e se a sua aparência estava em conformidade com as normas.

E foi assim que os anos passaram, voo após voo, encontro sobre encontro, fusos horários e noites sem dormir, línguas diferentes, países tórridos e gelados, comidas condimentadas e sabores delicados, céus serenos e turbulências inesperadas.

Uma vida imprevisível

Chegou a primavera e, depois de um inverno muito rigoroso, finalmente encontrei seca a malinha despachada, que fica exposta ao clima durante aquele breve momento que os carregadores precisam para colocá-las no porão.

Seria maravilhoso passar a Páscoa com Valentina, que estava de folga naquele fim de semana.

A companhia havia me deixado de sobreaviso, e eu esperava para saber em qual cidade do mundo eu dormiria naquela noite.

Já havia compreendido que a vida pessoal e as necessidades cotidianas eram mutáveis e variáveis: precisavam adaptar-se às constantes mudanças.

É realmente difícil para um navegante acompanhar tudo, especialmente quem tem família e filhos, e isso acontece sobretudo naquele mês em que aparece o famigerado "sobreaviso".

Durante o ano de trabalho, em diversos períodos, nós comissários de bordo podíamos ter na escala um período de sobreaviso, que é uma substituição repentina da tripulação por algum infortúnio, indisposição ou outro motivo qualquer.

Por sobreaviso, entende-se que se deve esperar o dia todo para partir em qualquer turno, a qualquer destino, com um aviso de uma hora para se preparar, fazer a mala e organizar uma ausência de casa que pode durar até sete dias.

Nessas situações, não é muito agradável ouvir o telefone tocar, que pode frustrar as esperanças de um almoço ou janta em família.

O departamento que regula e organiza todas as partidas é responsável por essa comunicação e, dadas as inúmeras dificuldades operacionais causadas por ocasionais ausências de tripulação no voo, distribui as rotas provisoriamente descobertas de pessoal. O sobreaviso pode começar às cinco da manhã, e o toque do telefone àquela hora realmente é de arrepiar, então a malinha "básica", com o absolutamente indispensável, deve estar pronta para evitar esquecimentos na pressa de partir.

Um *pullover* de lã e uma roupa de banho são úteis para qualquer destino.

O *beauty case* deve sempre estar à disposição, e é necessário lembrar de substituir a pasta de dente quando estiver terminando.

A camisa de uniforme sobressalente, limpa e passada para o voo da volta, é fundamental, além de alguns sapatos confortáveis que sirvam para qualquer temperatura, pijama e maquiagem.

Eu já fazia a mala automaticamente.

Como quer que seja, eu estava - e ainda estou - convencida de ter um dos melhores trabalhos do mundo, apesar de todas as dificuldades e desvantagens, mesmo com o constante fazer e desfazer de malas, ou com a vontade de voltar para casa, mesmo com o desejo constante de rever os entes queridos. Eu não fui feita para a rotina, e o mundo jamais deixa de me intrigar. Compartilhar visões com outros mundos ou pessoas sempre diferentes me fortalece. Além disso, voltar para casa sempre me faz suspirar e causa uma alegria imensa, principalmente pelas pequenas coisas cotidianas, que ganham um valor imenso.

O cotidiano, no entanto, preme.

— Vou ou não vou? — eu me perguntava naquele dia.

Nada, nenhum comunicado, nenhum telefonema do departamento.

— Eles poderiam avisar com um pouco de antecedência, afinal é Páscoa!

Nervosa e um pouco impaciente, tentei colocar na mala as coisas que serviriam para qualquer destino, dobrei as camisas e, se por um lado esperava ansiosamente não precisar ir, por outro, sentia o desejo de descobrir imediatamente meu destino caso não houvesse possibilidade de ficar em casa.

Às três horas de uma longa tarde, Valentina veio correndo para me avisar:

— O departamento ligou e mudaram seu turno. Você precisa se apresentar às cinco. Acho até que você teve sorte, tem quase duas horas para se preparar e chegar ao aeroporto.

Abri imediatamente o ovo de chocolate para ver a surpresa, comi quase metade dele e fui correndo pelo quarto com o coração batendo cada vez mais forte por causa da pressa.

Procurei nas gavetas peças muito práticas, de dia a dia, bem versáteis. Quando se está de sobreaviso, deve-se sair rapidamente, com poucos minutos para chegar ao aeroporto, já uniformizada, tendo feito a mala antes de saber o destino. No processo, o que passa pela cabeça é:

– *Jeans*, um cinto, roupa íntima sobressalente, uma camisa azul, uma malha branca, também aquela preta porque vou levar a bolsa e sapatos pretos que combinam com tudo, um sapato e uma malha cinza, que, com uma saia completam um *look* arrumado e sóbrio… e se eu encontrar aquele colega gato em Milão?

Também pus na mala a camiseta de florzinhas rosa e verde que estava na cadeira. Não tive tempo de fazer a chapinha.

Eu sempre ficava tentada a colocar tudo na mala. Também levei uma lata de atum, porque nunca se sabe. Se ficasse tarde e eu encontrasse tudo fechado, se os colegas me abandonassem, se houvesse um terremoto, eu me sentiria mais segura.

Cheguei esbaforida no aeroporto e me dei conta de que eu poderia estar fora por quatro dias consecutivos.

Na pressa, levei apenas uma calça, esqueci até o carregador do celular e o imprescindível *trench coat* com forro de oncinha.

– Será que já está muito frio na Europa? – me perguntei.

Se não, seria uma ótima desculpa para sair às compras.

Cheguei ao *briefing*, nosso centro de acolhimento, assinei minha presença e sentei na sala designada onde, em confortáveis poltronas reclináveis, esperei com meus colegas para ser chamada para partir no caso de alguma urgência ou doença inesperada de um membro da tripulação em serviço.

O telefone tocou algumas horas depois: "ganhei" uma rota Roma-Atenas.

Decidi ir antes à área de partida doméstica para comprar na farmácia *band-aids* para colocar nos calcanhares e evitar as dores lancinantes de um novo par de sapatos que só agora descobri não servirem muito bem.

Fiz mais uma descoberta.

Já tentou andar por um aeroporto de uniforme?

Fiquei parada cerca de 20 minutos respondendo a todas as perguntas que me faziam: onde estavam as farmácias, as paradas de táxi, os ônibus para Óstia, os banheiros, os portões de embarque. As perguntas continuavam, embora eu tentasse explicar que era aeromoça, e ainda por cima atrasada para um voo.

Precisei então desistir dos *band-aids* e corri esbaforida e mancando para o voo.

O grupo de colegas já estava formado. Estavam em grande sintonia porque fazia dois dias que estavam juntos em serviço, e eu, chegando no último momento, era quase uma intrusa, o que é um tratamento normal reservado aos substitutos.

Tentei me integrar e entrar com gentileza na harmonia que percebi haver entre eles.

Apresentei-me ao comandante na cabine e depois a todos os colegas, esboçando meu melhor sorriso.

A colega que trabalhava na minha zona, ao fundo do avião, era linda, o físico harmonioso, quadris perfeitos, feições delicadas, cabelos de um belo castanho de tom âmbar, olhos verdes com um lápis marrom escuro que delineava suas cores claras e um narizinho perfeito.

Antes do embarque dos passageiros, ficamos conversando e, como sempre, revelamo-nos pequenos segredos da vida pessoal.

A colega chupou uma balinha, ofereceu-me uma, espirrou um pouco do perfume que tinha na bolsa, hidratou as mãos e foi ao banheiro para retocar a maquiagem, que já estava perfeita.

Demos uma olhada nas notícias de um jornal que encontramos no *galley*.

Chegaram os passageiros, e fomos à cabine para recebê-los:

— Bem-vindos a bordo!

O voo estava lotado, todos estavam saindo para aproveitar o feriado, e, depois do embarque, afivelei o cinto de segurança para a decolagem.

Logo antes de o avião chegar à altura que permitia estar em perfeito equilíbrio, ficamos todos de pé para preparar os carrinhos, esquentar a comida da primeira classe e oferecer o *welcome drink*.

Também tive contato, infelizmente, com algo que tem pouco a ver com o mundo do voo, mas muito mais com a imbecilidade generalizada em todos os ambientes: um passageiro com quem eu não tinha sido nada além de gentil e profissional, em certo momento, pôs a mão no meu traseiro. Tentando reprimir meu instinto de agarrar seu pulso e rodá-lo 180 graus, preferi, ainda usando a artilharia leve, limitar-me a um olhar de desdém, censurá-lo em voz baixa e, com o sangue fervendo, ameaçar denunciá-lo se aquilo se repetisse. Comecei me perguntando, como sempre faço, se eu mesma não teria dado a ele a impressão de que ele podia se dar ao luxo daquele gesto ofensivo. Eu me culpava inutilmente. Respondi a mim mesma, e para sempre, que não o tinha feito e que ninguém jamais poderia consentir com uma abordagem daquele gênero.

Depois, o chefe de cabine me chamou porque o aviso de incêndio do banheiro estava piscando. Eu esperava não ser obrigada a usar o extintor de incêndio para apagar um possível princípio de fogo, mas na minha mente já tinha localizado os equipamentos necessários mais próximos de mim. Aproximei-me com cuidado e, depois de bater, abri decidida a porta e encontrei um homem de mais ou menos 50 anos que ainda tinha a bituca na mão e um forte hálito de cigarro, que também exalava da roupa. Ele pediu desculpas resoluto e correu para se sentar.

Uma velhinha chamou para pedir sua bagagem no compartimento acima, porque o azeite de oliva extravirgem engarrafado em seu país de origem estava pingando; enquanto isso, um garotinho berrava porque a mãe o obrigava a manter o cinto de segurança afivelado.

Tudo precisava ser feito com pressa porque a aterrissagem estava próxima.

O passageiro do 5B disse que ainda não estava com fome e pediu para comer "depois". Fiquei espantada na hora, mas aquela foi só uma de uma série de extravagâncias que me acompanharam ao longo dos anos, e que ainda acompanham em quase todo voo.

Era preciso guardar os carrinhos e todas as bandejas, fazer os anúncios, contar e guardar todas as bebidas alcoólicas antes de aterrissar, além de preencher o formulário de imigração que, à primeira vista, pareceu complicado.

Quais informações devo preencher? Onde escrevo o meu número de segurança? Quais documentos devo adicionar? A carta de embarque precisa estar junto do formulário?

Minha parca experiência às vezes me obrigava a pedir ajuda aos colegas.

Zaira me explicava tudo com calma, com seus modos delicados, quase me cegando com as luzes de seu fascínio. Conhecia perfeitamente as dinâmicas de serviço e os procedimentos de emergência. Muito solícita, até me mostrou como funcionava o deslocamento de todos os equipamentos.

Já não era uma mulher tão jovem, acredito que tinha passado há tempo dos 40 anos, mas isso não era um problema para ela, que não parecia se perturbar pelo passar dos anos. Acredito que ela sabia poder contar com sua experiência e solidez intelectual mais do que com sua beleza física, que era claro ter possuído na juventude.

Eu pensava que ela sabia muito bem como controlar as emoções, como mantê-las sob controle e adequá-las às circunstâncias.

Fiquei sabendo que tinha enfrentado recentemente um sério problema: seu companheiro, a quem amava muito, havia sido atropelado por um carro que corria loucamente, sem respeitar a faixa de pedestre. Acertou ele em cheio.

Coma profundo. Segundo os médicos, irreversível.

Zaira havia transformado sua dor em silêncio, em som mudo. E tinha continuado a amá-lo, e o amaria para sempre, mesmo sabendo que não poderia mais conviver com ele como antes.

Ela falava pouco, mas também conseguia esboçar um sorriso incrível para os passageiros, em perfeita sintonia com as regras de serviço, demonstrando empatia e calor humano com todos. Sua maturidade inspirava segurança.

Jamais fazia julgamentos apressados sobre as pessoas. Era uma perfeita "dona da casa", sempre disponível. Sempre usava o uniforme de maneira impecável, com os sapatos reluzentes e os cabelos arrumados. O único desrespeito ao código de vestimenta era uma pequena pulseira de ouro branco da Tiffany que ela havia ganhado de aniversário.

Eu a observava, tentando absorver sua força e aquele estilo tão elegante no modo de se apresentar aos outros, tão feminino e profissional.

Conseguia se colocar no lugar dos outros e evitar polêmicas. Sempre dava atenção e mostrava solidariedade com os outros.

Ela vivia de acordo com o manual: aquele manual de existência que cada um de nós lê e escreve ao mesmo tempo dentro de si.

Sempre a tomei como exemplo. Mesmo sem saber, ela é meu ponto de referência profissional. Ainda o é hoje.

Ela era especial, diferente.

Sobretudo depois de ter convivido com alguns outros colegas mais maduros, felizmente não muitos, percebi logo que trotes não são fenômenos exclusivos das universidades.

As aeromoças, por assim dizer "alunas" ou "sazonais", em outras palavras, as que estavam começando, no meu tempo eram sujeitadas a leves formas de abuso mal disfarçado, como uma espécie de rito de passagem.

Nos voos intercontinentais de longa duração dos boeings 747, tinham a tarefa de cortar limões e, majoritariamente, cuidar das refeições e esquentá-las no *galley*.

Toleraram algumas piadas dos colegas mais velhos e brincalhões. Muitas vezes eram enviadas em buscas cansativas para encontrar materiais que não existiam a bordo, como cadeiras, ou então alguma vassoura desaparecida que devia ter sido escondida no compartimento de eletricidade, um vão quase inalcançável que ficava embaixo de um pesado alçapão no corredor. Outras vezes, os pedidos envolviam supostas tarefas imprevistas e de que os novatos não tinham tomado conhecimento. Tudo feito com alegria, espírito de equipe, estima e respeito recíproco.

As mais jovens, aquelas com contrato temporário, eram constantemente observadas, e bastava uma avaliação negativa para fazer uma funcionária perder a oportunidade de assinar com a empresa por mais uma temporada. Portanto, sofriam com a precariedade e a insegurança dessa situação, agravada ainda pelas repetidas crises econômicas e políticas que se sucediam em nosso país.

Essas garotas deviam estar sempre disponíveis, mesmo nos períodos em que não estavam trabalhando, assim a companhia poderia chamá-las para voltar ao trabalho, e elas precisavam estar prontas e organizar-se em pouco tempo, buscando reorganizar a vida na cidade de base requerida. Eu, por sorte, já tinha sido contratada por tempo indeterminado, e não sofria o mesmo tratamento.

As fichas de avaliação delas continham critérios muito mais severos, e elas deviam demonstrar muita motivação e interesse em fazer um bom trabalho, manter comportamentos e atitudes inequivocamente serenos e colaborativos com os passageiros e a equipe. Mostrar-se constantemente atenciosas e sorridentes, falar de modo correto e gentil, respeitar, sem exceção, a hierarquia a bordo, além de se preparar adequadamente e com diligência para o voo.

Pequenas observações negativas poderiam evidenciar a necessidade de um aprofundamento na formação pessoal, nas normas técnicas, no serviço prestado ou mesmo nas competências linguísticas, o que poderia comprometer o contrato por prazo indeterminado.

Frequentemente, os mais velhos, com mais anos de experiência, tinham mais relevância e dispunham de mais poder a bordo.

Atingir uma longa experiência de trabalho era um valor adquirido, um bem precioso. A maturidade, nesse meio, melhora a qualidade do serviço, uma vez que possibilita um forte domínio da situação, muita competência, além de ajudar a prevenir e a gerir problemas com facilidade e prontidão. Mas acontece também que alguns se aproveitam desse poder, infelizmente.

Voltei para casa e, ao encontrar Valentina, tive uma prova dura disso. O retorno à casa é um momento particular e, apesar dos anos, compreendi mais tarde que eles sempre têm o mesmo impacto.

– Oi Vale, como foi? Você parece destruída, eu esperava que aqueles cinco dias nas Maldivas seriam divertidos.

– A ilha é maravilhosa, as praias têm areia branca, coqueiros por quilômetros, água quente e uma vista extraordinária. Mas agora estou muito cansada, Anna, não vejo a hora de tirar esse uniforme.

Foi o que me disse Valentina, que havia retornado há pouco de casa, tirando primeiro os sapatos e jogando o *collant* no chão. Parecia chateada.

– Espere, preciso de alguns minutos. Assim que eu arrumar a mala, conversamos.

Eva, no entanto, estava deitada em sua cama. Não conseguia dormir e se levantou para tomar um copo d'água. Voltando de Hong Kong, contou brevemente que dançou com os colegas na discoteca *Joe Banana* e que visitou a ilha de *Kowloon*, que ficava próxima ao hotel.

Eva falou de um estranho acontecimento. Havia conhecido uma colega chamada Rebecca a bordo. Estavam em serviço na mesma tripulação.

Eu conhecia Rebecca muito bem. Éramos vizinhas em Fregene e, às vezes, via sua irmã gêmea. Eram idênticas como duas gotas d'água. Ela mesma me contava que desde pequenas todos as confundiam, ninguém conseguia diferenciá-las, exceto a mãe.

Também na escola elas conseguiam enganar os professores nas provas orais, indo ao banheiro e trocando o vestido ou o assento quando voltassem. Apenas um pequeno sinal no nariz de Rebecca a distinguia da irmã, mas era possível desenhar um falso no rosto da outra com um lápis preto. Até as vozes eram iguais.

Eva seguiu:

– Olhei nos olhos dela assim que embarquei, e ela quase não me reconheceu. Com um sorriso, fui a seu encontro para cumprimentá-la. Eu disse um bom dia alegre, mas ela me respondeu com um bom dia simples e apressado.

Eva também percebeu que o uniforme não estava muito bem escovado, além de um mal disfarçado desconforto ao se mover, como quem está em um ambiente desconhecido.

– Rebecca mantinha distância de todos. Pela lista de passageiros, acho que a irmã era passageira do voo.

Mas disse que logo depois "reencontrou" a Rebecca que sempre conhecera, quando voltou do banheiro, parecendo um pouco mais magra do que estava poucos minutos antes.

Ouvi dizer que a irmã também sempre quis ter o nosso trabalho e que até fizeram a seleção juntas, e as duas passaram, mas a comissão examinadora não pôde contratar as duas devido às rígidas políticas da empresa, o que arrasou a excluída.

Imaginamos que um dia Rebecca deve ter presenteado a irmã com um breve passeio pela cabine com o uniforme de aeromoça. Mas nunca falamos disso abertamente, e essa virou mais uma das muitas lendas dos céus.

Depois de cada voo, precisamos de tempo para se readaptar ao ambiente e entrar em contato com a casa, que passamos dias sem ver, e nos habituar ao clima e ao fuso horário. Cada um faz isso a seu modo.

Escutar as mensagens da secretária eletrônica, ler um jornal, telefonar para um amigo, jogar-se no sofá depois de soltar os cabelos e massagear os pés eram os hábitos de Valentina.

Ludovica precisava desfazer a mala logo e colocar no cesto as roupas sujas, divididas entre as de lavagem à mão e as de máquina, para depois poder relaxar polindo os sapatos com um pano e colocando-os de volta no armário.

Quando voltava, Eva deixava tudo como estava, pois fazia aquilo no dia seguinte. Depois de um prato de macarrão, a qualquer hora do dia, ia dormir com uma máscara sobre os olhos para evitar a luz.

Às vezes tomava pílulas de melatonina, compradas nos supermercados *Duane Reade* nos Estados Unidos, o que a ajudava a equilibrar o sono.

Eu, no retorno, enrolava um pouco na cozinha, ainda com o uniforme, mas sem a jaqueta e os sapatos, e comia biscoitos com um belo cappuccino descafeinado bem quente.

Telefonava para Stefania, sempre impaciente para contar a ela tudo o que havia acontecido.

Não dormia antes de colocar hidratante no rosto.

Eva voltou para a cama, e eu fui encontrar Valentina.

— E aí, Vale, o que aconteceu? E não me enrole, dá para ver de longe que você está chateada.

— Nada, nada. O Roberto, responsável pelo Bronx, é um grande de um... mal educado.

— Do Bronx??

— Hoje descobri que é como chamam a classe econômica. Nossa, você não vai acreditar.

— Não vou acreditar o quê? Vai, desembucha!

— Tá. Aquele babaca... tentou pôr a mão em mim.

— Como assim?

— Então, até pediu para eu beijar ele e me garantiu que se eu beijasse, teria uma boa avaliação no fim do voo.

— Já ouvi histórias parecidas. Acho que acontece com todas as mais jovens. Mas o que você fez?

— Pois é, acabei tentando fazê-lo entender que não estava interessada, mas a resposta dele foi me empurrar contra nossas poltronas. Quase se deitou em cima de mim.

— Que babaca!

— Eu saí correndo, sem saber como reagir. Não dirigi mais a palavra a ele até o fim da viagem, naquela ilha pequenininha. Dava para atravessar ela inteira a pé, e só tinha um restaurante. A areia era fininha, os peixes coloridos, o sol acariciava a pele, um paraíso na terra, se não fosse aquele idiota. Que raiva! Acho que ele fez uma avaliação negativa de vingança, mas vou explicar tudo para o diretor do departamento se me chamarem, o que é provável, para esclarecer os motivos da avaliação negativa.

— Que desgraçado! Cada avaliação importa, especialmente para nós que começamos agora.

— É assim mesmo, e alguns se aproveitam.

Eu não sabia o que dizer, nem que conselho dar. Tentei dizer algo que a ajudasse a superar o mal-estar, compartilhando algumas experiências minhas.

– Uma vez, em um voo para o Rio, minha encarregada, a senhora Micalina, mandou, com um tom super prepotente, tirar os brincos porque eles não estavam em conformidade com as normas de segurança. E ainda disse que não gostava da minha trança porque não estava conforme o regulamento. Que eu deveria cortar ela ou prender com grampos. Eu fiz o que ela mandou, mas acho que ela poderia ser mais gentil. Ela fala cinco línguas, inclusive árabe, conhece bem o trabalho, mas seu modo de fazer as coisas é arrogante e presunçoso. Existem formas e formas de dizer as coisas.

Naquele momento, a porta, que estava entreaberta, abriu completamente. Era Ludovica:

– É impossível dormir nessa casa, hein? Aliás, eu ouvi tudo. Ouçam o que aconteceu comigo.

Depois de se sentar em um canto da cama, confessou que um colega mais velho, em Delhi, ligou para o quarto dela comunicando que logo estaria lá para fazer uma massagem, pois havia acabado de terminar um curso de *shiatsu* e, com certeza, aquele procedimento terapêutico traria benefícios.

– Não, obrigado, isso não me interessa. Só quero descansar - respondeu ela ao colega, que era conhecido como "o pequeno príncipe", por causa dos modos pouco ortodoxos.

Ouvi-o bater uns minutos depois.

– Sou eu, abre aqui, meu bem.

Claramente, a porta permaneceu fechada.

Conseguimos finalmente rir um pouco e fomos dormir.

Aquele papo, com o tempo, acabou virando um encontro recorrente.

Parece que alguns homens são um pouco sórdidos, especialmente no trato com as moças jovens, bonitas e solteiras, então é sempre necessário ser clara, decidida e concisa, para evitar situações desagradáveis, pois até maneiras delicadas e modos gentis são subentendidos e percebidos como incentivos para abordagens de vários tipos. Mas todas nós tivemos de aprender essas lições a duras penas.

Além disso, dada a frequência desses acontecimentos, com as histórias que já nos tinham acontecido em voos passados e as anedotas que compartilhávamos quando estávamos juntas em casa, conseguimos fazer uma lista baseada em nossa experiência, com os vários tipos de abordagens observadas por cada uma de nós. De fato, tendo um trabalho que exige o contato direto com o público e, muitas vezes, escalas em diversas cidades, conseguimos catalogar o comportamento de homens das mais diferentes nacionalidades e profissões, além de colegas que sofriam de "solidão" em quartos de hotel.

Em casa, começamos a guardar os inúmeros cartões de visita que ganhávamos, cada uma em uma caixinha própria com o nome escrito. Virou uma coleção considerável.

— Quem vai ter mais até o fim do ano?

Muitos homens têm fantasias com aeromoças.

Eu, Eva, Valentina e Ludovica costumávamos sentar na cozinha com uma xícara de chá indiano bem quente com limão e alguns biscoitinhos, trocando histórias, às vezes dando gargalhadas com as cantadas que levávamos.

Constatamos finalmente que os tipos de abordagem no voo, embora alguns sejam diferentes entre si, sendo até articulados, engenhosos e originais, têm muitas semelhanças básicas. Decidimos então fazer uma lista, tentando catalogar as diversas tipologias, com base em nossas experiências pessoais.

Tipo 1: o galante

Durante uma troca de informação e um diálogo rápido com o passageiro, ele pergunta, com uma dissimulação digna de um Oscar de melhor ator coadjuvante, qual é a cidade e o hotel onde vamos dormir, para ver se seu destino é o mesmo e se tem uma chance de fazer um convite para jantar.

Tipo 2: O duas caras

A: Inicialmente cordial + B: Insistente depois
Este tipo foi extraído de uma experiência-tipo que tive:

Ele me encontrou em um voo Roma-Milão às 13h20min.

Era a primeira perna de três voos curtos, sempre com o mesmo destino, que precisaria fazer ao longo da tarde:

Roma-Milão: partida às 13h20min, chegada às 14h20min

Milão-Roma: partida às 16h20min, chegada às 17h20min

Roma-Milão: partida às 19h20min, chegada às 20h20min

O voo terminava com uma estadia em Milão.

Ao lado de meu banco, posicionado na porta número três à esquerda, em um *Airbus* 321, estava sentado um senhor de aproximadamente 35 anos, que me chamou a atenção pela discrição.

O terno dele era de alta costura, a gravata bem alinhada, mas com o nó levemente afrouxado, e a gola da camisa desabotoada. Os sapatos perfeitamente lustrados, o penteado impecável, mãos bem cuidadas, óculos de leitura, valise de couro, modos gentis, ar de intelectual.

Ele lia em silêncio o livro *A Arte de Calar,* e acho que ele percebeu que eu estava espiando o título.

Durante o serviço, trocamos algumas poucas palavras e, enquanto eu voltava para meu lugar na hora da aterrissagem, ele me perguntou se eu ficaria em Milão.

– Sim, mas não agora. Vamos voltar depois de mais um bate e volta em Roma.

– Eu moro em Milão e também viajo muito a trabalho. Vou para Roma a negócios quase toda semana.

– Chegamos. O desembarque será feito pela porta dianteira, e o *finger* os levará diretamente ao saguão do aeroporto.

– Adeus.

– Adeus.

No fim do dia, assim que cheguei ao hotel em Milão, recebi um maço de rosas vermelhas e uma cópia do livro que o passageiro estava lendo, além de um cartão de visita sem nada escrito.

Ele não teve dificuldade para encontrar o hotel onde ficaríamos.

Alguns dias depois, liguei para ele para agradecer. Ele me pareceu ser simpático, e eu não achava que tinha feito nada para incentivá-lo.

— Foi só uma forma de demonstrar minha gratidão pela sua assistência durante o voo. Se voltar a Milão, ficaria encantado de tomar um café com você.

— Obrigada. Até a próxima – respondi.

Tive um sentimento agradável em relação a ele, mas esqueci seu nome.

Depois de algumas semanas, me dei conta de que sempre que ia a Milão, ele, talvez subornando o porteiro do hotel ou tendo acesso a minha escala, me ligava no quarto ou mandava mensagens e deixava bilhetinhos, sabendo que eu chegaria.

Mandei o porteiro jamais informar a ninguém sobre minha chegada e bloqueei as ligações no quarto, que ficaram desagradáveis.

Tipo 3: Motivos profissionais

— Hoje, antes de sair do avião, um cara me parou, olhou nos meus olhos e disse que, se eu precisasse de aconselhamento jurídico, ele era um advogado renomado e adoraria me ajudar. Sempre é bom ter um contato, não?

Todas riram.

Tipo 4: Generoso

— Hoje, indo para Bruxelas, durante o serviço do *duty free*, um passageiro me pediu indicação de um perfume para dar à sobrinha, e eu mostrei qual era o meu favorito. Ele comprou dois frascos e me deu um de presente, já que ele sabia que eu ia gostar.

— E você aceitou?

— Sim.

Todas riram.

Tipo 5: Malandrinho

– Fui convidada para jantar com o Matteo, comandante do voo. Passamos a tarde tomando sol juntos no hotel Taj Mahal em Mumbai e à noite, no restaurante ele me disse, enquanto comíamos um *tandoori chicken*, a especialidade da casa, que ficava deslumbrado com minha beleza. Até quis pagar a conta, o que é muito incomum. Ele parecia sincero. Só parecia!

Todas riram.

Identificamos também várias outros tipos de cantadas no avião, subdividindo os passageiros em duas categorias:

Os discretos:

Normal: depois de uma breve conversa, espera o fim do voo para entregar, antes de descer, um estratégico cartão de visita e um "se tiver interesse, pode ligar, você é uma pessoa muito interessante".

Artístico: tem habilidade com as mãos, cria flores de origami com o guardanapo entregue junto da bebida e presenteia essa criação romântica à aeromoça na próxima vez que ela passa pelo corredor.

Meteorológico: começando com um "Por favor, sabe como está o tempo em Londres?", começa um diálogo agradável.

Os pouco discretos:

Inoportuno: Como o espaço a bordo é restrito, a distância entre as pessoas pode ser muito pequena, e alguns não se dão ao trabalho de evitar um contato muito próximo, e se aproveitam disso.

Indiferente: Aproxima-se por trás e está bufando, indiferente à impossibilidade de deixá-lo passar devido à evidente falta de espaço, obrigando-nos até a parar o trabalho, voltar com um carrinho pesado até o *galley*, que já ficou distante, para depois voltar ao mesmo lugar de onde saímos.

Passional: encara durante todo o voo, sem baixar o olhar, que vai ficando cada vez mais lânguido.

Coisa de rico: "Você gosta de carro? Eu acabei de comprar um Maserati, você gostaria de dar uma volta ou prefere uma Ferrari?"

Solteirão: "Bom dia, eu sou solteiro. Você é casada? Tem filhos?"

Diferentão: "Estou procurando alguém como você. Sou produtor, você teria interesse de fazer um teste para um filme? Tenho uma cópia dele aqui."

Interessante: Assim que chegar em Los Angeles, um avião particular me espera para me levar ao Havaí. Aluguei uma villa para fazer uma festa amanhã. Quer ser minha hóspede?

Também fizemos um extenso estudo de caso para classificar as abordagens de nossos colegas de voo: os que se declaravam depois da rota, ao chegar no hotel. Constatamos que o mais importante é evitar que coloquem o pé em nosso quarto, dado que os colegas às vezes usam esse caminho para ter acesso a um lugar mais íntimo. Às vezes usam técnicas bastante mirabolantes:

O higiênico: "Você tem pasta de dente? Esqueci minha *nécessaire* em casa. Passo em seu quarto para pegar um pouco, se você não se importar."

O loquaz: "A fim de bater um papo? Não consigo dormir por causa do fuso horário, imagino que você sinta o mesmo. Vou até o seu quarto ou você prefere vir até o meu?"

O imprevisto: "Vi aqui na lista de tripulação que você também está em Boston. Espero que não esteja dormindo. Vou aí para dar um alô."

O friorento: "Eu estava de sobreaviso, me chamaram de última hora e não tive nem 30 minutos para fazer a mala. Acabei esquecendo a jaqueta e está muito frio. Você pode me emprestar um cachecol para a janta?"

O folião: "Fiz um aperitivo no quarto, e as nozes do frigobar são deliciosas, quer me encontrar para escutarmos uma musiquinha juntos?"

O conveniente: "Esqueceram de me dar um travesseiro, e a essa hora as camareiras já foram embora. Você não teria um extra para me dar?"

O moderado: "Me desculpe por bater na sua porta, mas minha chave não funciona. Será que posso usar o seu telefone para ligar para a recepção?"

O hábil: "Oi, queria perguntar... nossa, que quarto bonito! Estou vendo uma poltrona ali. Vou me sentar só um minutinho."

O romântico: O truque é simples, para ficar sozinho com uma colega e ter a chance de uma jantinha íntima, tenta dar o horário de encontro no saguão errado, assim todos já foram quando você desceu.

O agradecido: "Obrigado por aquela cortesia" (sempre acontece de fazermos algo que possa ser interpretada como uma 'cortesia'). "Em agradecimento, quero oferecer um *drink*. Você não pode recusar!"

O inexperiente: "Você se importa de me acompanhar até a rua do comércio? Não conheço bem a cidade."

O inesperado: Aparece com uma garrafinha de espumante e duas taças, contando que é um dia especial, pois é seu aniversário: "Pode me dar os parabéns?"

Verificamos também que, para alguns colegas homens (a minoria), as rotas favoritas eram: Praga, Budapeste, Bucareste, Moscou, Tirana, Kiev, Amsterdã, Rio de Janeiro, Buenos Aires. Também estavam na moda a Letônia e a Lituânia.

Eu não me perguntava por que, e quero continuar sem saber, reconhecendo que minha índole cuidadosa e idealista pode ser maculada por pensamentos pouco virtuosos.

Postos de lado essas listas divertidas e irônicas, às vezes acontecia, e ainda acontece, que, assim que me aninhava na cama e ficava sozinha, exausta, minha mente começava a percorrer situações passadas. Nem sempre seguindo algum tipo de lógica. Estou certa de que é uma forma de me manter ligada às origens, de manter minhas referências. Nesse processo, acredito que também faça parte a memória daqueles pedaços da vida que eu preferiria esquecer.

Um passado, um caminho, uma vida que vinham à tona.

Dramas e fábulas.

"Casaram-se e viveram felizes para sempre..."

As fábulas costumam terminar nesse ponto.

Durante minha adolescência, eu sonhava com um grande amor, sempre sonhei, imaginando o príncipe que minha mãe descrevia com tanta habilidade. Ao longo de minha vida, cultivei esse sonho, na tentativa de transformá-lo em realidade.

Eu confiava nos sonhos, ainda queria acreditar e, às vezes, até me permito fazê-lo. Digo a mim mesma que a ilusão é verdadeira, mesmo sabendo que não o é, mas isso me dá uma sutil e profunda satisfação.

Minha ilusão de um amor "para sempre" me causou sentimentos fortes e intensos.

A primeira desilusão foi aos 17 anos.

Ele era o lindo menino da casa ao lado: tão apaixonado por mim, tão fiel, passional, cuidadoso, forte e cheio de valores e princípios elevados.

Ele me dizia:

— Você é a minha mulher.

O que mais eu poderia querer?

Eu precisava ter entendido melhor o que significava para ele a palavra "minha".

Eu tinha um sonho: chegar virgem, como impõe a tradição, ao dia de meu casamento. Entregar-me completamente ao homem que eu amaria intensamente seria, na minha imaginação, um paraíso de ternura, carinho e amor.

Tudo aconteceria de acordo com o *script*: um noivado inicial, o casamento, o nascimento dos filhos, uma vida juntos até a velhice.

Os sonhos muitas vezes se desmoronam porque, quando olhamos para o céu, tropeçamos com mais facilidade.

— Você é minha, é a minha mulher — ele me disse em um campo cheio de lixo, atrás de um ferro-velho na periferia de Catânia.

Estávamos sob a luz pálida da lua, em uma noite úmida como a minha pele, que suava e tremia impotente, implorando para que aquilo não estivesse acontecendo de verdade: suplicando para não ser estuprada por aquele homem miserável, que confundia seu egoísmo e seu sentimento de posse por algo que ele acreditava ser puro.

Ele se sentia no direito de cometer aquela atrocidade por causa do forte machismo inculcado, desde o nascimento, por uma família de agricultores, com pouca educação e ligada a tradições rurais, campesinas e muito antiquadas. Achava-se o dono da razão: eu precisava satisfazê-lo, pois era sua mulher. Ele me amava, me desejava, então as coisas deveriam acontecer daquele jeito. O amor também era aquilo, o desejo sexual é algo natural, o ato sexual é necessário, faz parte de uma relação verdadeira e completa, e eu precisava ser dócil, estar disponível, não tinha de me preocupar, pois ele tinha "arranjado tudo", e não me deixaria jamais.

Dor.

Vergonha.

Depois de dias, meses, anos, o que me corroía era a vergonha.

Um sentimento dolorido provocado pelo horror que foi aquela noite.

Eu não tinha coragem de contar aquilo para ninguém.

Sentia vergonha, como se a culpa fosse minha daquilo ter acontecido, porque aceitei ir para um lugar isolado com ele e beijá-lo.

Talvez a culpa fosse mesmo minha.

Eu pensava que meu comportamento devia tê-lo instigado a fazer aquilo que eu nunca quis que acontecesse.

Vergonha da minha nudez, da minha integridade pisoteada, da opressão que sofri.

A dignidade do meu corpo e da minha alma foi arrancada violentamente.

Eu não conseguia fazê-lo parar, por mais que tentasse, e me senti impotente.

Não consegui preservar meu corpo, algo que era só meu, algo precioso.

Lembro que ele tinha nas mãos pedaços de vidro de uma garrafa de cerveja para impedir qualquer movimento de fuga meu, e poderia ter me machucado muito, o que não teria sido nada em comparação com as marcas invisíveis que ainda carrego comigo.

Em cima de mim, os músculos de seus braços estavam inchados, suas mãos eram ásperas, a respiração ofegante enquanto ele se fazia mais pesado; seu hálito era repugnante, sua pele ácida.

– É só um corpo – eu pensava, tentando encontrar um caminho de fuga na minha mente para aquela violência inevitável.

Eu queria desesperadamente separar o espírito do corpo e tentei pensar em meu corpo como um mero objeto.

– E o deixei.

Era como se ele já não me pertencesse. Dei-me conta de que ele estava sendo maculado e, refugiando-me na minha mente, tirei dele a importância e a preciosidade que lhe dei até então.

Para me defender, para tentar sobreviver.

Depois desse episódio, passei a sentir uma profunda e latente falta de confiança no trato com o gênero masculino.

Tentando fugir de novas desilusões, eu aprendia, talvez demais, a apreciar minha independência, a não precisar de um homem do meu lado. Talvez eu sentisse medo de tê-lo, com o falso desejo de ficar sozinha, dependendo da minha própria força.

Minha tenra idade e entusiasmo, que não me abandonou, me puseram "de volta na pista", nessa tormentosa busca de um grande amor.

Minhas dúvidas aumentavam. Será que um dia eu encontraria aquele famigerado príncipe?

A infidelidade no amor e no casamento havia se tornado comum demais, então ficava difícil esperar que o mundo fosse diferente. Os seres humanos são tão imperfeitos, e os sentimentos sempre duram pouco, são muito delicados, se desmancham com facilidade. A traição pode acontecer por provocação, por diversão, por vingança, por vontade de uma mudança, por superficialidade, por insegurança, para confirmar uma dúvida, para se renovar, porque se imagina ter encontrado o verdadeiro amor, porque outro consegue revelar quem realmente somos.

Eu me perguntava qual seria o sentido de continuar a acreditar naquilo, por que seguir o sonho de um grande amor?

Seria tudo uma ilusão?

Sequer as núpcias sancionadas pela igreja podem garantir uma união forte: o divórcio pode separar o casal, queiram eles ou não, e nenhum ministro do culto pode impedi-lo.

O casamento é uma promessa que pode se revelar falsa, porque é anulada pelo Estado com uma simples e fria assinatura em um tribunal cinzento. Basta o requerimento de um dos cônjuges.

O amor eterno se dissolve com a breve sentença de um juiz impaciente, apressado para a seguir à próxima audiência.

Era enorme a diferença entre os ensinamentos que recebi e a realidade que me foi apresentada depois, e foi difícil encontrar um meio-termo.

Toda vez, eu desabava na cama. No dia seguinte, precisaria partir de novo, e meus pensamentos voltavam a borbulhar. Mas eles eram parte de mim.

Dakar-Nova York

A mala diz muito sobre nós.

Lembro que Eva era muito organizada e preparava a mala com os óleos essenciais que passaria no corpo durante a estadia no hotel. Ludovica não deixava de gastar um tempo um pouco exagerado em longas chamadas de longa distância com todos os seus entes queridos, para se sentir próxima e tentar controlar seu noivo, mesmo estando muito distante.

Valentina levava CDs, para não se privar das músicas favoritas, com um *discman* pequeno e caixinhas de som ainda menores para escutá-las no quarto.

Eu aprendi que colocar as roupas bem dobradas dentro de sacos plásticos evita que elas fiquem amarrotadas e, ao usá-las, têm pregas perfeitas. Só não conseguia ainda deixar de levar dois pares de sapato e algumas roupinhas extras, mesmo que a estadia fosse curta.

Na época, não se falava em *laptops*, *wi-fi*, *smartphones*, *iPods* e os outros aparelhos portáteis de hoje, o auge da tecnologia eram os incômodos leitores de CDs para escutar música com fones de ouvido.

Imprescindíveis eram a pinça, o apontador de lápis de olho e de contorno labial, máscara para dormir, guarda-chuvas, saquinho de café solúvel para uma emergência, foto do gato, aspirina, endereços úteis na agenda com o nome das cidades a visitar em ordem alfabética: (ex.: *B*: Bolonha, Boston, Beirute; *N:* Nápoles, Nova Delhi, etc.).

Foi muito útil levar um vestidinho de sair elegante quando fui convidada, por acaso, para um casamento em Dakar, no Senegal, pelo meu grande amigo Max, que tinha uma loja de souvenires no centro, aonde eu ia com muita frequência.

Foi emocionante participar daquela cerimônia e aprender os usos e costumes dos noivos, tão diferentes dos meus.

A pomba que os noivos soltaram como forma de rito propiciatório pousou no meu ombro, e eu gostamos, pois me disseram que aquilo era um sinal de boa sorte e prosperidade.

Tentei até aprender os passos das danças deles, mas foi muito complicado seguir o ritmo girando o quadril e os braços.

Aprendi a não exagerar e a não me exceder quando preparava as malas para voos a Nova York.

Essa cidade é, de fato, a Meca das compras desenfreadas, principalmente Nova Jersey, a poucos quilômetros da cidade.

Embora eu seja fascinada pelas cores do *Central Park*, pelo agito da *Times Square*, pela grandeza do *Empire State* e pelos famosos museus de arte contemporânea (*Moma* e *Metropolitan*), é quase impossível resistir a uns jeans azuis que sempre quisemos e que conseguimos encontrar a preços irrisórios, ou aos tênis de corrida e vestidinhos incríveis por metade do preço.

Peças únicas por poucos dólares, além de salgadinhos, balinhas e pasta de dente com sabores super originais, sem falar nos aparelhos eletrônicos e novidades do mercado que ainda não chegaram à Itália. Depois de uma visita quase obrigatória à 5ª Avenida, um passeio pela avenida Lexington, sem esquecer a rua 35, vou em direção ao *World Trade Center* para entrar no grande centro comercial *Twenty-first Century*, onde os preços das malas e dos óculos de sol são excepcionais. Na rua 57, os relógios têm preços ótimos. Na *Union Square*, na esquina com a *Brodway* (ruas 12 e 14), são imperdíveis os novos produtos de *Burlington*; entre a rua 18 e a 6ª avenida, a *Marshalls* e a *TJ MAXX* sempre têm coisas interessantes.

B&H tem os melhores preços da cidade para máquinas fotográficas.

Para decorar a casa, o *Bed Bath & Beyond* da 6ª Avenida é ótimo, mas as pequenas lojas, como na *Union Square* e no *Columbus Circle* também têm coisas ótimas.

Os produtos de segunda mão se encontram em *Greenflea*, no *Greenwich*, como blusas com cordão e jeans de cintura baixa.

Em *Greeley Square*, entre a 6ª avenida e a rua 32, com poucos dinheiro se fazem grandes negócios na *Jack's 99 cent store*.

As compras valem a pena na *Victoria's Secrets* para roupas íntimas e nas promoções da GAP para roupas do dia a dia.

Um pulinho na *Abercrombie* é obrigatório, pois só a beleza dos vendedores vale o desgaste da fila. Acho que toda comissária de bordo tem pelo menos uma peça de roupa da loja.

Na rua 48, entre as 7ª e 8ª avenidas, está a melhor loja de guitarras e, para os apaixonados por computadores, deve-se ir na rua 38, entre a 8ª e a 9ª avenidas.

No *Village*, ainda se encontram camisetas pintadas à mão.

Nós, como comissárias de bordo, não podemos comprar nada que não seja para consumo pessoal, pois se deve pagar na alfândega até mesmo por brinquedinhos de presente. Corremos o risco de ter os bens apreendidos caso eles não correspondam a determinados critérios (até mesmo os cremes para o corpo e as pílulas de óleo de peixe que minha vizinha sempre pede quando fica sabendo que estou indo para certos destinos). A aduana, mesmo quando se está de acordo com todas as regras, sempre causa alguma apreensão. Ao levar para casa um pedaço de carne argentina e uma garrafa de Malbec para tomar quando voltar para a Itália, podemos até ser detidas por contrabando internacional. Até aos fumantes é proibida aquela pequena economia de comprar os cigarros no *duty free*. Pena: detenção, notificação e apreensão dos bens.

No entanto, o tempo que leva para arrumar a mala voltando de Nova York é sempre maior do que para outras cidades.

É impossível não fazer pequenas compras, principalmente durante a *Black Friday*, aquela famosa sexta-feira que, tradicionalmente, dá início às compras de natal, com descontos enormes.

Em Nova York, a estada pela manhã é muito curta, pois o voo parte pela tarde. Eu aprendi a ficar pronta em apenas 25 minutos, quando, voltando ao hotel depois das compras, depois de tirar todas as etiquetas e amassar um pouco tudo – sempre um pouco atrasada –, preciso encontrar com a tripulação e pegar a van que nos leva ao aeroporto.

Cronograma:

– 5 minutos para o banho;

– 5 minutos para maquiagem e cabelo;

– 5 minutos para colocar o uniforme;

– 5 minutos para terminar de arrumar e fechar a mala, colocando todo meu peso nela para conseguir fechar o zíper, já completamente esgarçado, mas surpreendentemente resistente.

Tudo perfeitamente sincronizado e organizado, sem distrações e esperando não ter aquele banal mas habitual imprevisto que causa um atraso de pelo menos dois ou 3 minutos: o *collant* rasgado.

As meias-calças, principalmente no verão, são um obstáculo estressante, já que se rasgam com muita facilidade, principalmente quando estamos com pressa de colocá-las (em casos extremos, usamos o providencial e obrigatório esmalte transparente, que contém momentaneamente o rasgo desastroso).

Os cinco minutos a mais são para situações frequentes:

– Perda da chave do quarto (mesmo quando tento colocá-la sempre no mesmo lugar: sobre a televisão).

– Reabertura da mala para colocar na *nécessaire* a escova encontrada no banheiro, ou borrifar o perfume.

– Esquecimento do relógio no quarto, só lembrado depois de ter apertado o botão do saguão no elevador e ver que horas são.

E os voos não terminam depois do retorno.

Começaram a influenciar minha vida mesmo depois, na vida cotidiana.

A metamorfose havia começado: eu estava me tornando uma cidadã do mundo.

Depois de algumas horas de sono e de arrumar as coisas que comprei, voltei a minha realidade.

Eu estava com vontade de descansar, de ir ao mar.

Há dias que não tinha notícias de Eva, e decidi ligar para dar um oi:

– Oi, tudo bem? Tenho alguns dias de folga e gostaria de ir para a praia, talvez para a Ostia. Você está por aí?

– Estou no mar, mas não exatamente onde você está pensando.

– Você está comendo uma salada de palmito no Rio, com o Matteo, aquele piloto que você gosta, enrolada em uma canga bem colorida, chinelos, cachaça e limão? Ah, se eu pudesse estar ai! Não se esqueça de comprar um minâncora na farmácia. É milagroso.

– Que um raio me atinja se eu olhar mais uma vez para um homem que vive com a ex-mulher ou na casa da mãe. Estou precisando de outro tipo de pomada milagrosa! Não tenho boas notícias, por isso achei que seria melhor mudar de ares. Aluguei um apartamento com alguns amigos em Lampedusa, e o lugar é fantástico. Acabamos de comer canolis de ricota cobertos com chocolate. São deliciosos! Por que você não vem conosco? Dê uma olhada nos voos, deve haver um que sai em duas horas, acho que você consegue pegá-lo.

Eu já tinha preparado a bolsa para o mar com uma roupa de banho, comprada na Austrália, que permitia um bronzeamento completo, já que não filtrava raios UV. Bastaria pegar uma roupa para sair de noite e sandálias.

Verifiquei pelo telefone se havia um voo disponível e, tendo a confirmação, decidi encontrar Eva no mar.

Todos os navegantes têm benefícios para usufruir do transporte aéreo. Para nós, não era necessário emitir bilhete para partir em um voo, nem fazer uma reserva. Era suficiente mostrar o crachá e informar o destino. Se houvesse lugar livre, partia-se.

Tentei convidar Ludovica, mas ela havia acabado de partir para visitar sua família na Sardenha. Foi para o almoço de comemoração do aniversário da mãe e voltaria no dia seguinte para encontrar com o noivo em Roma.

Era extraordinário poder se deslocar com tanta facilidade, as distâncias pareciam diminuir, e os espaços pareciam surpreendentemente ao alcance e, talvez por isso, percebi que muitas das pessoas que eu encontrava ficavam curiosas com o meu salário.

Uma pergunta que me faziam com frequência era: "mas quanto ganha uma aeromoça?"

Desde o homem no assento ao lado do trem interregional para sair de férias até o encanador que vinha arrumar a descarga da lava-louça, do guia turístico ao arquiteto que, entre um conselho sobre a alvenaria do apartamento e o conserto da lareira, esperava uma resposta. Essa era uma pergunta tão frequente quanto indiscreta.

Provavelmente, o valor é um pouco maior do que o de um emprego normal, já que estes não têm os diversos riscos inerentes à nossa profissão, nem as frequentes viagens ao exterior. Aliás, nosso horário de trabalho se prolonga muito se considerarmos que algumas rotas nos obrigam a estar quatro, cinco, ou às vezes sete dias longe de casa.

O salário tem muitas variáveis e se determina com base nas horas de voo programadas e efetuadas. Quanto mais se voa, mais alto é o pagamento.

Deve-se considerar, no entanto, que a vida itinerante contém despesas muito mais elevadas, mesmo sem se permitir muitos luxos.

Mas, sobretudo nos primeiros anos, os luxos eram a melhor parte desse trabalho. E era muito bom poder se deslocar sempre. É algo difícil de renunciar.

Em uma ocasião, por exemplo, eu e Ludovica decidimos encontrar com Valentina no hotel, durante uma folga que coincidia com o *show* de um artista famoso de *rock*.

Fomos juntas, depois de ter comprado o ingresso em Roma.

Frio e úmido, mas igualmente emocionante, foi participar do carnaval de Veneza.

Apenas pegamos um voo e, menos de uma hora depois, estávamos em uma gôndola nos canais.

Alugamos luxuosas máscaras, e os maquiadores da *Piazza San Marco* pintaram nossos rostos com desenhos coloridos.

Durante três dias de repouso entre um voo e outro, consegui até ir visitar o irmão de Valentina, que morava em Londres e era DJ.

Ele me recebeu em sua casa e me mostrou a residência oficial da Rainha Elizabeth.

Visitei o Museu das Ciências em Valência e admirei o campanário daquela catedral esplêndida.

No Egito, depois de um passeio de camelo até as pirâmides, comprei lindas rosas do deserto, as protee, flores ornamentais que duram muito tempo.

Descobri as obras-primas do Louvre, as pinturas de Giotto em Florença. Passei fins de semana em Praga, que parecia ter saído de um conto de fadas, com o fascínio daquela linda ponte, suas praças belíssimas, as vielas impregnadas de antigas lendas e todo o centro cheio de lojas. Em Trípoli, comprei uma henna excepcional, vendida em grandes sacos de juta, o melhor disponível. Em Boston, aquela maravilhosa cidade em estilo inglês, comi uma excelente lagosta de produção local no *Quincy Market*, perto do porto, e aluguei um barco para ir ver as baleias.

Cheguei até Ibiza para participar de uma festa de espuma e fui a Munique, para a tradicional *Oktoberfest*.

Estas são as asas de independência de uma aeromoça, que eu também conquistei. Aquele estilo de vida me fascinava, meu sonho de independência e liberdade virou realidade diante dos meus olhos.

Eu queria ter aquela vida cheia de viagens para sempre, e finalmente aquela se tornou a minha vida.

O mundo era a minha casa.

Mais uma vez, lembranças antes de dormir

Talvez graças ao amanhecer, às tênues luzes da manhã, ao despertar na minha cidade depois de uma noite acordada trabalhando, ao silêncio da casa vazia ou à droga natural do fuso horário, as lembranças me levam agora a minha juventude, quando, assim que se apresentou a possibilidade, fui viver sozinha.

Aos 22 anos, deixar a Sicília significava assumir a minha liberdade.

Fui chamada a participar do curso preparatório de aeromoça um pouco antes de conhecê-lo.

Ele estava de férias em Taormina, linda cidade medieval na província de Messina, que se ergue diante do golfo de Naxos. Eu estava na mesma praia, deitada ao sol perto de seu guarda-sol, a água cristalina acariciava a costa delicadamente.

Tinha o sobrenome Temer e levava uma vida desregrada e imprudente.

Um raio no céu sereno, uma paixão avassaladora.

Os longos passeios com vistas deslumbrantes para o mar naquela esplêndida enseada e os sorvetes de amora com brioches foram cúmplices de nossos primeiros encontros.

Ele era a minha outra metade da laranja.

Eu sabia disso desde a primeira vez que nos vimos. Nossos olhos se encontraram como dois lados de um ímã, e meu coração confirmou naquele mesmo instante que havia despertado do longo sono.

Tínhamos dificuldade de nos encontrar, de achar momentos para estar juntos.

Eu não podia encontrá-lo onde ele morava, e sempre me proibiam de sair quando ele vinha me ver.

Queríamos estar sempre juntos, ser livres para poder conviver sem impedimentos, mas o trabalho, os estudos na universidade e o esporte ocupavam todo o meu dia, sem contar as proibições da minha família.

Ele era muito comunicativo e seguro de si.

Quando estava com ele, me sentia viva, a alma e o corpo vibravam.

Deixei a Sicília e a família.

Abandonei tudo para ir com ele, que morava naquela cidade tão diferente da minha, a mesma onde recebi a proposta para assumir na companhia aérea. Abracei não só o Temer, mas também meus desejos de independência e liberdade.

Isso significou deixar para trás minha vida pregressa, que eu considerava muito burguesa e intolerante, restritiva e hipócrita, na qual só era permitido aquilo que é socialmente conveniente e aceitável, e não existiam decisões impulsivas e paixões, apenas deveres.

Meu dever, a partir de então, era seguir minhas próprias escolhas.

"Você vai se arrepender" foram as últimas e únicas palavras de meu pai, com o pano de fundo dos soluços e lágrimas de minha mãe.

A sinceridade se tornou um dos meus maiores defeitos.

Eu arrebentava para sempre aquelas amarras que me prendiam a ele, tornando-me a filha rebelde.

Temer amava o *rock* e esquiava muito bem, já que havia nascido e crescido em uma cidadezinha do norte perto das montanhas.

Também sabia pilotar aviões, pois tinha tirado o brevê nos Estados Unidos.

Ele era bem o meu tipo, oposto às vontades do meu pai: não tinha a aparência do bom moço, era alto, tinha um ar rabugento, com cabelos longos e grossos, olhos pretos e intensos, uma voz cavernosa, um estilo selvagem, um pouco rude, e uma atitude bem obscura.

Na primeira vez que nos aproximamos, disse que me faria uma tatuagem à caneta e desenhou em todo o meu antebraço, no pulso e no dorso da mão.

O desenho era lindo, como também são os quadros que ele pinta. Eu não queria me lavar nunca mais.

Eu estremecia quando sentia a ponta da caneta que acariciava delicadamente minha pele, e deixava os traços sobre meu corpo.

Stefania sempre ficou aterrorizada com a possibilidade de eu sofrer por amor. Ela me conhece, sabe que ainda acredito nos contos de fadas e que eles não são realidade.

Queria que eu vivesse minha vida serena, sem muito envolvimento e ilusões.

Diz que sou uma menina sortuda, mas com um grande defeito: uma particular predisposição a me envolver com sentimentos e sonhos.

Muitas vezes seus comentários vinham repletos de sabedoria, sempre conseguia ver as coisas com muita racionalidade – em algumas circunstâncias, racionalidade demais – e com uma leve tendência ao desprezo pelas fraquezas dos outros. Seguramente, tem um senso prático muito mais afinado que o meu.

– Conheci uma pessoa e gostaria de te apresentar – eu disse, emocionada, há mais ou menos uns 15 anos.

Depois de conhecer Temer, não conseguiu ver nossa relação com bons olhos, pois já sabia que aquele garoto com comportamento distanciado e superior não era certo para mim e que, mais uma vez, eu iria sofrer.

Minha amiga parece fria, inquestionável, e quase não consegue chorar, porque as lágrimas conseguem dominá-la, e uma pessoa dura como ela não pode se permitir tais tolices. Mas, quando vê meu sorriso, fica feliz também.

Durante muito tempo, eu e Temer conseguimos nos divertir, viajar, ficar fora até tarde, e quase conviver, pois morávamos na mesma rua, em casas separadas. Até conseguíamos esconder de nós mesmos que havia algo errado.

Naquela época, eu sentia o gosto da liberdade, vivia sozinha e fazia minhas próprias regras. Sem nenhuma interferência externa e sem horários a respeitar, podia organizar minha vida como quisesse.

Temer foi comigo para Santo Domingo, passamos alguns dias em Madri, passamos um ano novo emocionante no Brasil, onde todos vão para a praia à meia noite, vestidos de branco, e começam a cantar, dançar, entrar no mar e gritar de alegria. Eu fiz o mesmo.

Finalmente eu era independente e gostava dessa minha nova situação, vivia em uma cidade cosmopolita de que eu gostava.

Eu acreditava que poderia resolver qualquer problema que aparecesse sem grandes dificuldades, autonomamente. Tudo me parecia fácil.

O outro lado da moeda sempre existe.

Em alguns casos, podemos fechar os olhos, mas depois chega aquele momento que nos obriga a abri-los e ver, que nos obriga a fazer escolhas, e as respostas chegam sozinhas.

O meu mundo caiu quando o vi com sua "namorada de longa data", motivo de seus subterfúgios, de suas mentiras, de nossas brigas.

Nosso conto de fadas se revelou apenas isso: um conto de fadas.

Foi terrível descobrir que minha rival não era outra mulher, mas um maldito pó branco que conseguia se sobrepor a ele e a sua personalidade, que a droga conseguiu moldar com muito mais destreza do que eu jamais poderia.

Temer sofreu incalculáveis perdas e danos, que poderia ter evitado se ele tivesse tido a coragem de cortar a tempo aquele fio que o ligava à feiticeira capaz de destruir a ele, a seus sonhos e a mim.

Acredito que foi nessa época que me apareceram os primeiros cabelos brancos.

Outro fantasma, outra cicatriz, mais um peso a carregar na bagagem.

Outra gaveta fechada à chave que eu deixava em casa, fora da malinha que eu estava preparando.

No dia seguinte, eu partiria mais uma vez.

Voo Roma-Caracas

Roma Fiumicino-Caracas, voo AM 051, Boeing 767.

Tripulação só de mulheres.

A aterrissagem estava próxima.

O piloto nos deu os dados para repassar aos passageiros: temperatura, condições meteorológicas e tempo para o destino.

Peguei o microfone para fazer o anúncio com todos os dados e o aproximei ao rosto.

Antes de repassar a informação aos passageiros, parei para conversar com Carla sobre nossa conversa, que havia sido interrompida, sobre as calças de nosso uniforme, que haviam acabado de ser introduzidas ao regulamento de vestimenta.

– Finalmente posso adiar meu horário com a depiladora – me disse.

Tomei muito cuidado para não apertar o botão e compartilhar nossa conversa com todas as pessoas da cabine, no entanto, meus lábios estavam próximas ao microfone, então se escutava tudo perfeitamente na cabine de comando.

Escutei uma voz de fundo e, tarde demais, com o telefone ainda em mãos, me dei conta de que o comandante não havia fechado o canal de comunicação e perguntava insistente:

– Vocês estão aí? Estão me ouvindo?

Olhei fundo nos olhos de Carla. Será que eu teria coragem de lhe contar que suas opiniões sobre o código de vestimenta e as confidências sobre o creme anticelulite de sais do Mar Morto que ela comprou em Tel Aviv não estavam mais só entre nós?

Chegando ao hotel de Caracas, pendurei o uniforme no armário e separei a camisa limpa para o voo da volta em um cabide, depois, tirei o *collant*.

Dei-me conta de que o bronzeado do verão tinha desbotado, agora eu estava com a pele branquinha, minha depilação não estava muito em dia e as pernas pareciam inchadas.

As hipóteses eram inúmeras: as luzes daquele maldito quarto estavam muito cruéis, eu estava retendo muito líquido por causa do voo, eu estava ovulando, ou talvez fosse tudo culpa do estresse. Naquele dia, eu estava muito mais inchada que o normal, embora as negligências que o inverno nos permite também não ajudassem.

Eu poderia apostar que o espelho do hotel de Barcelona era o pior de todos, sua nitidez cruel, piorada por aquelas luzes neon, poderia levar até uma miss ao desespero. Mas eu me enganei, aquele não era o único.

Estava decidido: naquele lindo dia ensolarado em Caracas, iria para aquela piscina tão convidativa… seria bom me bronzear um pouco. Além disso, aquele calor!

O centro da cidade é bastante perigoso e violento, então é melhor não se afastar demais, ser cautelosa, vigilante e não carregar objetos de valor.

Fabiana, minha colega no voo anterior, havia sido assaltada no caminho para o restaurante. Levaram o relógio e uns trocados que tinha no bolso. Paolo, anos antes, havia até levado um tiro durante um assalto na rua.

Claudia uma vez acordou ainda entorpecida na manhã do voo de retorno a Roma, com os pertences roubados depois de ter tomado sabe-se lá que droga na noite anterior.

Fui correndo até a lojinha ao lado do hotel, onde comprei aquelas tacinhas de café de metal e porcelana que não se encontram na Itália, além de alguns sarongues para dar de presente às amigas – embora eles não fossem muito convenientes para a época de natal que se aproximava. Não faltou o rum com sabor de laranja de que a minha mãe tanto gosta.

O barzinho ao lado era muito acolhedor. Não resisti às *arepas con queso y carne mechada*.

Evitei a manteiga, na verdade, porque não entendi quando me perguntaram se eu queria "mantequilla", a que, por via das dúvidas, respondi que não.

Uma companheira de voo disse que era intolerante à lactose e que o queijo em especial faz muito mal às mulheres, e é "gordura insolúvel em estado puro". Outra que encontrei enquanto corria na esteira me contou que fez uma limpeza de dentes em São Paulo e que fez um branqueamento de apenas 20 minutos com o laser Delamo de Los Angeles. A chefe de cabine, que tomava sol na piscina, não comia, não bebia, não fumava, sempre usava filtro solar no rosto e no decote, e tinha acabado de sair de uma drenagem linfática.

Pensei que treinar na academia do hotel estava longe de ser algo que eu gostaria de fazer.

Adicionei bacon, mas só depois de me assegurar que não tinha nenhum membro da tripulação por perto, já que bateria a culpa se me vissem. Além disso, as colegas estavam todas magras, quase anoréxicas.

Naquele dia, eu me sentia à beira de uma catástrofe física.

Comprei um filtro solar FPS 50 para o corpo, seguindo os conselhos que recebi, e reservei com o *concierge* uma passagem para passar os três dias de estada na maravilhosa ilha de Los Roques, conseguindo assim me bronzear longe dos olhares indiscretos.

As conchinhas lindas que se espalhavam por toda a ilha e pela água cristalina chamaram minha atenção imediatamente. Eu iria voltar para casa lindamente bronzeada.

Durante os voos, graças aos conselhos das colegas, aprendi diversas artimanhas, e a importância do cuidado com a imagem.

Quando uma aeromoça atravessa a cabine, os olhares geralmente se voltam para ela.

O cuidado com a imagem deve refletir as explícitas orientações da empresa. Sempre devemos estar com o aspecto bem cuidado e arrumado, e vestir o uniforme de acordo com as normativas, com maquiagem e joias não aparentes para as mulheres, barba aparada para os homens, cabelos limpos e arrumados, pequenos acessórios de acordo com o padrão da companhia e nenhuma modificação ou personalização.

Nenhum membro da tripulação pode entrar em serviço se não usar o uniforme de acordo com o regulamento. Se não o fizer, o chefe de cabine fará uma avaliação negativa.

Usar o uniforme corretamente passa a ter um valor que exprime, além de estilo e elegância, profissionalismo e responsabilidade diante de seu papel.

Os acessórios e a forma de usar o uniforme estão sempre no centro das atenções e sintetizam normas de segurança com praticidade, seguindo a moda e os costumes cambiantes.

Isso nem sempre é visto com bons olhos pela tripulação, portanto, de vez em quando, alguém faz alguma modificação para deixar o uniforme "mais pessoal", mas isso não é bem visto pelos responsáveis, já que não são toleradas variações no modelo e no tecido previstos pelo regulamento da companhia.

Os pequenos truques que deixam a imagem do uniforme mais completa, mas ainda elegante e discreta, fui aprendendo aos poucos.

Mãos: São muito vistas pelos passageiros, que a seguem com o olhar nas demonstrações de segurança e na entrega das bebidas. São muito importantes para sublinhar o cuidado e a limpeza, e devem sempre ter esmalte.

A manicure é obrigatória uma ou duas vezes por semana e, se usar esmalte vermelho, é melhor não usar anéis muito chamativos. Eu adoro esmaltes vermelhos no inverno e marfim durante o verão, quando as mãos estão bronzeadas.

Relógio: ter um bom relógio é como usar uma joia; deve sempre harmonizar com o *look*.

Depilação: Dada a obrigação de sempre usar meias-calças, é imprescindível cuidar com máxima atenção da depilação das pernas. Deve-se cobrir "pequenas desatenções" que escapam, e acabam se agigantando pelo efeito óptico do *collant*, pois, além de ser pouco agradável aos olhos, também é sinal de negligência e descuido.

Joias: Poucas, pequenas, preciosas, preferencialmente brilhantes. Usar no máximo duas (incluída a aliança).

Collants: Sempre que possível, evitar meias de compressão, pois, embora sejam muito úteis contra varizes, acabam dando um ar "pesado" para as pernas. Os collants mais elegantes são levemente transparentes. A cor que deixa as pernas um pouco mais curvilíneas e esguias e dá um belo efeito de bronzeamento se chama "café".

Apenas quem tiver tornozelos muito finos pode usar tons mais claros.

Lembrar-se sempre de carregar um par de segurança.

As meias três quartos, ideais para usar com calças e muito frescas no verão, sempre dão muito charme, mas incomodam se forem usadas por muitas horas. Sempre prestar muita atenção quando cruzar as pernas.

Camisa: Sempre deve estar perfeitamente passada e engomada. Com uma modificação mínima na costureira, é possível apertar os lados e deixar a silhueta mais esbelta.

Jaqueta: Para deixar o efeito da jaqueta mais sedutora, é possível apertá-la alguns centímetros na cintura, assim cairá perfeitamente ao longo dos quadris. Sempre usá-la abotoada.

Impermeável: Usado sempre fechado, exceto o último botão. Sempre com o cinto preso, e o colarinho jamais levantado.

Saia: A bainha deve estar na metade do joelho para estar de acordo às regras e para não dar um aspecto vulgar. O comprimento da saia não deve ser menos que meio centímetro acima do joelho.

Calças: Há alguns anos, as aeromoças podem usar as calças no lugar de saias, refletindo a emancipação feminina e a evolução dos tempos, o que oferece mais praticidade e comodidade. Devido às restrições já obsoletas em relação aos uniformes e à aparência, as aeromoças da *Asiana Airlines*, famosa pelo serviço impecável, não podem usar calças.

Sapatos: Um salto médio de pelo menos cinco ou seis centímetros é obrigatório para as mulheres. O salto cone é mais confortável que o fino.

Bolsa: Fica mais chique com alça um pouco mais curta e um lenço amarrado nela.

Sutiã: Como a camisa é geralmente branca, o ideal é que o sutiã seja branco ou cor de pele. É possível adicionar um toque feminino com um sutiã de renda que se entrevê de leve, apenas atrás, no fecho.

Luvas: Deve-se usá-las durante o embarque e desembarque dos passageiros. Devem ser macias, clássicas, lineares, da mesma cor da bolsa.

Lenço: Amarrado no pescoço, deve estar limpo e bem passado. Sempre dar uma leve borrifada de um perfume delicado e agradável antes de sair.

Chapéu: Deve-se usá-lo durante o embarque e desembarque dos passageiros.

Cabelo: Devem estar limpos, arrumados e bem penteados, presos em uma trança clássica – o auge da elegância – mas também podem estar soltos se não chegarem até o ombro. A trança simples ou o rabo de cavalo são aceitos em algumas companhias aéreas.

A coloração é aceita em tons naturais, mas as raízes não podem estar visíveis.

Devem ser evitados acessórios como as horríveis presilhas de plástico, mesmo se enfeitadas com strass. Dar preferência a elásticos azuis ou pretos.

Maquiagem: É obrigatória. A maquiagem deve estar bem cuidada e pouco chamativa, com uma base de aspecto natural, e deve minimizar quaisquer eventuais imperfeições.

Perfume: Algumas gotas no pescoço, no lenço e nos pulsos. Fragrâncias leves e frescas em pequenas doses.

Proibidos: Piercings e tatuagens visíveis.

Em uma pesquisa com pessoas que viajam a negócio, foi eleito uniforme mais atraente: o da *Virgin Atlantic*, vermelho com lindos sapatos de salto alto combinando. Embora a companhia se orgulhe dessa imagem de glamour, o *look sexy* do uniforme não escapa das polêmicas.

Uma última dica: não tentar parecer encantadora. A pose de diva faz perder todo o fascínio.

Há dois requisitos que sempre devem ser levados em conta: a discrição e um sábio comedimento.

A imagem das aeromoças, no entanto, não se resume ao uniforme ou ao cuidado pessoal, mas é o conjunto de comportamentos verbais e não verbais que a completam.

A elegância na hora de falar, no modo de gesticular, então, tem grande importância, mas não deve jamais parecer forçada, sempre transparecendo naturalidade e educação.

É importante conversar de maneira apropriada e bem educada, evitando se desviar do serviço; deve-se também evitar gírias e expressões vulgares, sempre manter um comportamento tranquilo, evitar discussões políticas, religiosas ou raciais, desviar-se de temas que possam gerar preocupações inúteis ou ferir o outro, nunca fazer piadas de mau gosto, fazer censuras ou usar sarcasmo, além de precisar ignorar palavrões com desprendimento, respondendo com um silêncio educado.

Em quase todos os voos operados por comissários, os responsáveis avaliam cada um com um formulário padrão.

A avaliação requer observação atenta e compreende críticas e comentários que permitem ao departamento de pessoal controlar com maior rigor a atitude dos funcionários, levando ao conhecimento da empresa predisposições pessoais, defeitos e qualidades.

Um brinde aos noivos

Trinta anos atrás, comecei a fazer o primeiro balanço da minha vida.

Eu era uma mulher para todos os efeitos, não mais uma garota.

Eu já vivia sozinha há muitos anos, tinha um trabalho que adorava e que refletia minhas antigas aspirações.

Tinha a oportunidade de viajar e sentia um forte entusiasmo que me fazia esquecer o cansaço. Eu era tão feliz, que, apesar do cansaço e do lado difícil da profissão, não sentia que estava trabalhando.

Tudo ia bem: o trabalho me dava muita satisfação e garantia minha independência, eu tinha acabado de comprar minha primeira casa e continuava a ver os amigos de sempre nos meus momentos de lazer.

Eva, Valentina e Ludovica também tinham ido viver sozinhas, pois todas sentíamos a necessidade de um pouco mais de privacidade, e já podíamos arcar sozinhas com as despesas que antes dividíamos.

Apesar de satisfeita no âmbito profissional, às vezes me vinha um vazio no coração, a falta de algo que, com o passar do tempo, precisei avaliar e definir.

Dei-me conta com o tempo de que aquela coisa era uma família.

Faltava alguém com quem dividir minha vida tão cheia, que de repente me pareceu sem amor. Eu queria ter um homem que me acompanhasse no caminho.

Eu pensava em uma pessoa para amar, que pudesse cuidar de mim, e eu dele.

Crescia em mim um forte instinto materno, o desejo de criar uma vida, um filho a quem dar à luz, para cuidar, crescer, abraçar, amar.

Eu havia feito 32 anos e, em uma noite fria de novembro, ao voltar de um voo de média duração, decidi sair com uma amiga que ia jantar com alguns conhecidos.

Inesperadamente, tive o encontro que mudaria minha vida: meu futuro marido.

– Prazer, sou o Marco. Sente, por favor.

Ele se aproximou de mim, apertou minha mão e, com elegância, puxou a cadeira para me convidar a sentar.

Era gentil, discreto, bastante silencioso e muito fascinante.

Estávamos sentados próximos e sentimos entre nós uma energia forte.

Lembro que fiquei fascinada com seus grandes olhos castanhos, que emanavam uma luz especial.

A música daquele restaurante nos envolvia e ofuscava a presença dos outros, e eu não conseguia perceber e distinguir nenhum outro som ou voz além da sua.

Ele reinava com aquela composição forte e robusta. Era muito alto, mais de um metro e noventa, os cabelos loiros e macios tinham um corte clássico, a barba bem feita, as mãos grandes e bem cuidadas, e um perfume muito suave.

O rigor na forma de se vestir era visível, a atenção aos detalhes, à qualidade dos tecidos, ao corte das peças.

Com uma elegância calculada, linear, polida, ele tinha uma atitude entre reservada e discreta.

Ele segurava uma taça de cristal pela haste com o indicador e o polegar, cheia até a metade com um bom vinho, tinto e encorpado, que balançava delicado entre seus dedos. Inclinou a taça para observar a coloração, até que a aproximou do nariz para sentir o aroma.

– Gostaria que você provasse esse vinho. Considero um ótimo ano.

Senti aquele gosto aromático e persistente.

– Não sente um sabor de carvalho?

Eu sentia um perfume de morango.

Aqueles bons modos me ganharam.

De sobremesa, pedimos um *mousse* de chocolate com um fundo de mogno e canela e um *cheesecake*, que só nos Estados Unidos havia provado igual.

Derretia na boca, e eu estava prestes a derreter também.

Ele tinha a aparência e os modos do príncipe que esperei desde sempre.

O encontro foi imprevisível, inesperado, assim como o foi a primeira vez que ele me ligou. Fiquei estupefata de ouvir sua voz, pois eu não lhe tinha dado meu número de telefone. Minha amiga foi a cúmplice, nossa futura testemunha do casamento.

Houve outras noites agradáveis em sua companhia.

Sentíamos uma forte atração um pelo outro.

Ele me apresentou para sua família quando fomos jantar na casa de sua mãe.

– Sou a mãe desse ótimo rapaz. Seja bem-vinda e parabéns pela ótima escolha – ela me disse.

Eles me pareceram uma família muito unida, a comida estava ótima, servida em travessas de prata, e a mãe, depois de alguns copos, cantou uma música em minha homenagem.

A atmosfera era relaxante e alegre; a casa, acolhedora.

Uma vez, li em algum lugar a seguinte frase:

"A felicidade não está nunca onde a procuramos e onde esperamos que esteja, mas aparece de repente, quando não estamos pensando nela, como se ela nos seguisse e esperasse para se revelar quando estamos distraídos".

E parecia que era exatamente isso que eu vivia naquele momento.

O primeiro beijo foi inesquecível, durou toda a noite.

Eu estava feliz.

Tínhamos os mesmos objetivos: uma vida serena, um filho.

Tudo parecia simples e alcançável.

Eu sentia que juntos poderíamos caminhar na direção certa. Tínhamos pontos de vista similares, apesar de termos formações diferentes. Aquela diversidade era preciosa, parecia que nos enriquecia.

Por causa do meu trabalho e das minhas viagens, a distância nos dava mais vontade de nos vermos. Um dia, foi comigo a Paris, e eu tive coragem de comer do seu prato *les escargots alla bourguignonne*, um prato refinado, sem dúvida, mas para mim muito difícil de ver como algo além de lesmas viscosas.

Ele me fez descobrir a beleza da Sardenha com um barco à vela, todas as enseadas mais íntimas e solitárias que só se alcançam pelo mar. Amava a natureza e os animais.

A ternura de seus olhos se contrapunha com a dureza do olhar, encobertos por um véu de tristeza que eu, com muito entusiasmo, estava determinada a fazer desaparecer. Eu ia conseguir trazer de volta sua alegria de viver, que, às vezes, parecia abandoná-lo.

Eu tentava quebrar a dificuldade que ele tinha de exprimir emoções, ocupava seus silêncios e suas tristezas, inicialmente passageiras, com a alegria que eu sentia por ter ao meu lado uma pessoa que parecia forte e muito sensível.

Às vezes, parecia um pouco frio, talvez reticente ao agir, mas eu seria capaz de amolecer sua personalidade.

Eu fui tomada por uma necessidade de mudá-lo que despertava meu gosto pelas causas perdidas.

Inconscientemente, eu me sentia atraída por sua personalidade forte, que se revelou casmurra e incapaz de perder.

Há pouco tempo que aprendi a abandonar a pretensão de mudar a personalidade dos outros.

Durante o noivado, me dei conta de um pequeno inconveniente: as intromissões de minha sogra. Mas nada poderia atrapalhar a nossa felicidade de estar juntos, eu pensava.

Certamente muito presente na nossa vida juntos, ela sempre dava conselhos, encontrava soluções para problemas que ninguém pediu que ela resolvesse, a ponto de ser um pouco inconveniente.

Preocupava-se muito com o filho e comigo.

Um dia, a curiosidade a levou a entrar no quarto enquanto tomávamos café na cama para perguntar sobre o iogurte que tínhamos derramado no tapete e deixado para fora do quarto, logo antes de ela passar pela porta.

Ela abriu a porta sem bater, com a cara feia, o olhar apreensivo e a voz inquieta.

– O que aconteceu? Algum de vocês está se sentindo mal? – perguntou angustiada, acendendo a luz do quarto.

Lembro que me cobri com o lençol, pois estava pelada, e senti a vergonha de precisar pedir desculpas pelo ocorrido, por ter sujado aquele tapete persa tão bonito.

Eu a confortei e garanti que não foi nada além de um acidente, que o copo havia caído no chão.

O filho também se desculpou, mas sem sentir a necessidade de se cobrir.

Não pareceu incomodado com aquela intromissão, e hoje eu diria que ele estava acostumado e aceitava aquilo com paciência demais.

Os episódios que revelaram o ciúme e a intolerância de minha sogra foram muitos.

Ele não conseguia se libertar. Acontecia também de eles às vezes se juntarem contra mim, mas eu continuava acreditando que ele era o homem da minha vida.

Na época, eu pensava que se entender com a sogra não era assim tão importante.

Seguramente encontraríamos um ponto de equilíbrio nos limites. Com o passar do tempo, eu estava segura de que a mãe aceitaria a independência do filho e cortaria aquele cordão umbilical que permaneceu por tempo demais.

Era ótimo quando estávamos juntos. Fazer planos para o futuro, saber que eu tinha encontrado um companheiro para a vida, realizar o desejo de criar algo juntos, trocar segredos e amor.

Fiquei grávida muito cedo, depois de umas maravilhosas férias no barco.

Voltei a viver a fábula, esquecendo os problemas, e segui com o sonho adiante.

Nossa primeira viagem juntos foi um fim de semana romântico na Côte d'Azur, em Monte Carlo, no hotel Paris, onde eu me senti uma princesa.

Eu adorava olhar para as mãos dele e sentir o perfume daquela pele tão delicada.

Decidimos nos casar e, na casa onde ele já vivia, criaríamos uma nova família: a nossa.

Chegou o dia do casamento.

Ainda consigo me ver entrando na igreja com um lindo vestido branco e um pequenino de três meses na barriga enquanto meu homem me esperava no altar.

Eu estava feliz, me sentia muito apaixonada e emocionada.

A mãe do noivo era quem se sentia mal, escondendo o desconforto que sentia com a iminente perda da posse exclusiva que tinha do filho.

Sentia-se empobrecida, roubada de um bem a que estava acostumada a ter sempre, e, já naquele dia, não deixou de sufocar o próprio filho com avisos e sugestões.

Lembro aquele momento, durante a festa, em que cedo às invasões de sua mãe, ansiosa para acabar nossa primeira dança como casal, o que deu início às festividades, e poder dançar com seu querido filho.

A recordar isso, o filme do casamento guardado em um estojo enfeitado.

Fizemos um pacto e prometemos que cuidaríamos sempre um do outro.

Eu me sentia protegida, tinha encontrado estabilidade, segurança e afeto.

Entrei em uma casa desconhecida e nova, dada de presente, mas sentia a necessidade de um tempo para me ambientar e me sentir à vontade naquela casa linda, já cheia, já vivida.

Na grande residência, foram criados três unidades independentes, uma adjacente à outra. Na primeira, viviam os sogros, no segundo, nós, e no terceiro, três trabalhadores domésticos filipinos.

Dois cachorros andavam soltos pelo grande jardim, que tinha uma piscina olímpica e uma quadra de tênis particular.

A primeira grande surpresa veio quando decidi mudar os móveis e alguns quadros de lugar na casa em que eu vivia, um desejo natural de personalizá-la.

Com enorme desilusão da sogra, consegui fazer algumas pequenas modificações, mas recebi críticas sufocantes pelo meu comportamento.

Dei-me conta de que podia me mover, mas sem mexer nada ao meu redor. Produzir, mas sem criar nada de novo, porque não podia interferir e não podia mudar nada que não podia ser mudado e que, agora percebia, devia ficar como estava.

Eu não podia me afastar muito de sua programação habitual e não podia errar, devendo sempre seguir atentamente as indicações, sem fazer nada por conta própria.

O que eu precisava aprender era que nada daquilo que me rodeava era meu. Eu podia usufruir das coisas, sempre pisando em ovos, apenas porque me tinha sido permitido fazer uso daquilo momentaneamente.

Tudo era muito claro e simples, sem muitas dificuldades.

Bastava observar a sogra que, com determinação e obstinação, chefiava os serviços domésticos.

Ela me ensinou a cozinhar seus pratos favoritos.

Descobri que eu tinha liberdade para decidir o que cozinhar sem correr o risco de sua desaprovação, mas sempre havia algum desencontro, como, por exemplo, a opinião dela sobre qual era a melhor gaveta para colocar minhas calcinhas, ou a disposição do armário onde eu e o filho dela guardávamos as roupas.

Ela não tolerava minhas escolhas sobre onde colocar as fotos de casamento e nunca viu com bons olhos minha escolha de cor do sofá: branco suja muito.

Era necessária muita diplomacia no trato com ela.

A cada pequena decepção, ela se mostrava intransigente, impossível contradizê-la e contestá-la.

Sua voz era estridente, e seu vocabulário bastante colorido. Seu forte sotaque romano era a cereja no bolo.

Para que tudo acontecesse o mais suave possível, bastava aceitar sua presença em casa durante o dia inteiro. Se eu estivesse nua, não lhe importava que aquilo me pudesse incomodar. Aquilo não era problema, ela dizia, porque ela também era mulher.

Para ela, foi ultrajante o fato de eu ter instalado uma campainha na porta de entrada e informado a ela que avisasse antes de entrar.

Não respondi quando ela me pediu informações detalhadas sobre a qualidade da desempenho sexual do filho. Ela acreditava que, como mãe, precisava saber tudo sobre ele.

Aquele meu silêncio foi, para ela, uma afronta.

Ela não podia deixar de se preocupar com seu bem mais precioso, que tinha entregado aos cuidados de outra mulher, inadequada na visão dela.

Toda manhã, me olhava com cara de preocupação por eu não estar com o cabelo arrumado ou vestida de um jeito que ela considerava inadequado.

Em minha casa, e também na Sicília na casa de minha família, não havia problema andar descalço, com um moletom, mesmo que de cor diferente do resto da roupa, o cabelo solto e um pouco despenteado e seco por causa dos banhos de mar e sol, sem precisar ir correndo para a cabeleireira.

De manhã cedo, podíamos ficar sem maquiagem na minha casa.

Comecei a repensar um pouco a inflexibilidade de meu pai.

Chegamos a um ponto em que eu queria me sentir livre, como se estivesse na minha casa, em especial porque estava sentindo enjoos da gravidez.

Sem maquiagem, sem sapatos desconfortáveis, sem roupão de seda, sem ter escovado meu cabelo e verificado minha aparência, decidi ir tomar café.

Vi o olhar desaprovador de minha sogra, que frequentava muito minha cozinha e frequentemente ignorava a campainha.

Perguntou como eu podia não sentir vergonha por tomar meu café tão desarrumada.

Disse que não gostou de minha roupa e aconselhou que eu me trocasse.

Ela começava a se perguntar se eu era mesmo digna "dele", se eu era capaz de compreender profundamente seu filho e sua sensibilidade aguçada.

Ela sempre estava arrumada, maquiada e engomada.

Mesmo de manhã, quando tinha acabado de acordar.

Suas unhas estavam sempre com o esmalte novo, os cabelos arrumados, as roupas rigorosamente combinadas em *ton-sur-ton*, das mais prestigiosas marcas e com grande preferência pelas cores berrantes e estampas animais. As marcas de expressão desapareciam graças às mãos mágicas do cirurgião plástico, e seu nariz adunco lhe dava o ar empolado.

Na Sicília, minha mãe trazia à mesa o café com seu lindo sorriso, além de um pouco de leite, biscoitinhos de amêndoas, mel e pistache recém-saídos do forno, ou então um *cannolo di ricotta* com gotas de chocolate, sempre com vontade de me abraçar, mesmo que eu não estivesse arrumada.

Para manter a paz enquanto eu acordava e ter um café da manhã relaxante, longe das críticas matutinas daquela mulher decidida a entrar em minha cozinha todos os dias, que entrava na minha casa para regar minhas plantas e decidir onde colocar tudo, eu encontrei uma artimanha.

Tive a ideia de tomar meu café no quarto de Aruna, a doméstica filipina, que vinha todas as manhãs pé ante pé no nosso quarto, muitas vezes enquanto dormíamos e esquecidos de colocar pijama e, silenciosa, chegava até a mesa de cabeceira, colocava a tacinha coberta com um pratinho para evitar que o café esfriasse muito rápido, espiava curiosa ao redor e, ao tentar sair, tropeçava no tapete, me acordando com uma sensação de angústia por ter uma estranha no quarto que ainda me custava reconhecer.

Sim, de maneira geral, a vida era muito confortável apesar de tudo.

Para não brigar com meu marido, sempre ausente por causa do trabalho, bastava que eu não brigasse com a mãe.

Bastava cozinhar o que ela gostava e não expressar nenhuma opinião diferente da dela.

Minha comida não era tão boa quanto a da mãe, mas poderíamos também decidir, não sem convites sugestivos, comer todas as refeições com ela.

Para ele, não era tão importante aproveitar os poucos momentos que podíamos desfrutar juntos. A pasta da mamãe era inigualável depois de um dia longo de trabalho.

Bastava que eu não reclamasse de sua ausência constante.

Bastava que eu fosse como ele queria que eu fosse. Bastava que tudo sempre estivesse dentro dos parâmetros. Bastava não se mexer muito e não sujar nada.

Bastava agradecer por tudo o que ele podia me oferecer.

Simples e feliz, era como eu deveria estar.

Quando nasceu Alessandro, nosso filho, eu tinha ideias diferentes de como ele deveria ser educado.

Ele começou a me ver como uma mãe irresponsável, inexperiente, perante uma sogra que já havia criado dois filhos e era, portanto, uma conhecedora do assunto.

Quase todas as minhas atitudes eram objeto de censura, que nunca eram anuladas ou perdoadas. Ela era a dona da verdade.

Alessandro, dizia ela, não podia chorar, e quando eu tentava fazê-lo entender, com sua evidente discordância, que ele não podia subir de sapato no sofá ou cuspir a sopa de volta no prato, chegava a sogra pontual, desprezando minhas atitudes para levar embora o "coitadinho".

— Nesta casa — dizia ela — as crianças não podem chorar.

Entre suas dúvidas existenciais e noites sem dormir, o netinho era como um pequeno raio de sol.

— Esse pequenino é a minha razão de viver — dizia ela.

Ele era a fonte da juventude, e às vezes ela parecia tentada a fazer que ele a chamasse de "mamãe" em vez de "vovó".

Meu marido, mesmo não aprovando o comportamento da mãe, aceitava tudo e me pedia compreensão, para o bem e a tranquilidade de todos, sem considerar a minha.

Um dia, depois de uma longa ausência por causa do trabalho, tentei pegar meu filho do colo dela.

Eu havia acabado de chegar de Nova York e queria continuar dando a papinha que ele já havia começado a comer.

Ela me respondeu que eu poderia pegá-lo apenas quando ela deixasse, provavelmente depois da comida e depois que eu tivesse tirado aquele uniforme impróprio.

Ela conseguiu me deixar desesperada, ultrapassou qualquer dos limites.

Depois de uma separação que me pareceu infinita, eu queria abraçar meu filho, segurá-lo, beijá-lo. Logo, agora. Tentei não parecer tão indignada quanto estava, para não assustar a criança.

Tentei engolir toda a minha raiva, me aproximei, fiz uma cara feia e, esticando os braços para ela, exigi, com ar um pouco hostil, que ela me entregasse meu filho.

Pela primeira vez, sem dizer nada, ela me escutou.

Chegou o momento de ir embora com o menino, pedindo a meu marido que fôssemos morar em outro lugar, mesmo que a apenas algumas casas de distância.

Ele saiu conosco apenas com o corpo, mas não com o coração, que não sei aonde foi parar. A cabeça permaneceu na casa da mãe.

Dias inteiros sem dizer uma única palavra em nossa linda casa nova, embora menor, era possível sentir o ar de estranhamento.

"Ingrata", diziam seus olhos.

Por eu não dar valor à generosidade da mãe, suas opiniões infalíveis, sua casa luxuosa.

Brigas, gritos, portas batidas: esta foi sua vingança.

A angústia dos longos dias em silêncio crescia, assim como explosões de ódio.

Minhas viagens a trabalho acalmavam os ânimos temporariamente, mas, quando eu voltava, os encontrava ainda mais difíceis. Esse é um problema frequente entre os navegantes, pois, dentro do uniforme, se vive uma vida fascinante, mas longe dos sentimentos cotidianos, longe de tantos eventos, bons e ruins, que a vida nos dá. Lancei-me no trabalho, mesmo sem perceber.

Embarque de passageiros

Eu estava atrasada, o trânsito até o aeroporto me fazia pensar no passado.

A tripulação avisou a coordenação que eu chegaria no avião logo. Peguei o *briefing* no final e me informei da localização da aeronave. Com a pressa habitual das aeromoças em serviço, entrei pela milésima vez na fila do detector de metal que, pela milésima vez, apitou, embora eu não tivesse nada comigo que pudesse ter causado aquilo.

Passei mais uma vez, depois de tirar a jaqueta, o que é muito desagradável no inverno, e apitou mais uma vez.

Sim, eu estou sempre de salto alto, e a sola antiderrapante é reforçado com pequenas tachinhas que eu acabo nunca tirando.

Tive de passar pela revista manual.

Jurei a mim mesma que mandaria meu sapateiro colar minhas solas com cola assim que voltasse do voo.

Em Nova York e em Delhi, é obrigatório tirar os sapatos antes de passar no detector, e a equipe de segurança fica impaciente se nos esquecemos, porque está escrito – só na língua deles. Se houver um isqueiro no bolso, eles o confiscam também. Isso não está escrito em lugar nenhum, e eles não querem saber se ele foi comprado na Tiffany da 5ª Avenida.

Não há nenhuma desculpa para tê-lo a bordo, e não há tempo para despachá-lo com a bagagem: apreendido e ponto.

Mostrei meu crachá, e pela milésima vez os controladores passaram aquele terrível veículo de radiação sobre mim.

Estiquei os braços e, sem nem piscar, esperei que terminassem a verificação.

Lembro que em Londres ganhei uma forte massagem nos braços, nas pernas e nas costas para uma verificação mais minuciosa.

Não tenho armas, não tenho objetos perigosos, logo vou mudar a sola do sapato e usar um relógio de plástico, claro que compreendo que é pela segurança de todos.

– Maldita revista pessoal – sussurrei.

Uma voz conhecida chamou minha atenção:

– Oi Anna!!

– Faz tanto tempo que não vamos juntas!

Era Lavinia. Reconheci-a pela voz e por aqueles cachos pretos, sempre muito escuros e macios.

Fizemos o curso preparatório juntas muitos anos antes, talvez mais de dez.

Um dia, nos encontramos em Toronto e decidimos que durante a estada iríamos ver as Cataratas do Niágara, que estavam congeladas por causa das temperaturas negativas daquele inverno rigoroso.

Parecia que o tempo havia parado para ela.

Seu nariz tinha ficado mais fino, aquela curva do perfil do nariz havia desaparecido.

As rugas que eu havia notado nos últimos voos que fizemos juntas, nos cantos dos olhos, e aquelas olheiras que davam um ar de cansaço estavam perfeitamente niveladas.

As maçãs do rosto estavam muito inchadas. Também não me lembrava de aqueles seios serem tão exuberantes.

– Você está muito bem – sussurrei para ela, sem saber se devia mencionar que ela quase parecia outra pessoa ou fingir que não percebi nada, apesar de admitir a mim mesma que, se tivesse coragem, tempo e dinheiro, faria igual!

Ela provavelmente havia exagerado, e talvez meus objetivos pudessem ser atingidos com métodos menos agressivos: academia, dieta, cremes, modelador de corpo, colágeno, ácido.

– Que bom ver você! – gritou com sua voz estridente, que continuava a mesma. – Você está esplêndida. Está em plena forma!

Fiquei preocupada, pois não era de sua natureza ser assim gentil. O que será que ela precisava?

Lavinia havia sofrido muito nos últimos anos, e havia se tornado uma mulher muito endurecida pelo tempo e pelas fortes desilusões. Parecia uma egocêntrica que se fazia sempre vítima de dores que nunca vão embora.

– Vamos nos falar, eu estarei aqui por três dias.

– Desculpe, mas estão me esperando, preciso correr.

A van do aeroporto, agora levemente atrasada (na maior parte das vezes, precisamos esperar muito, principalmente quando está acontecendo alguma partida de futebol), me levou a bordo e, esbaforida, percebi que o embarque já havia começado, e meus colegas estavam na cabine há muito tempo, ajudando os passageiros a encontrar seus assentos.

Pedi desculpas para o comandante, e ele me olhou com a cara feia, pois não queria se atrasar nem um minuto.

Nem sempre era possível manter boas relações com a tripulação.

Reconheci Silvia a bordo, uma colega muito elegante que me cumprimentou com um sorriso.

Silvia já havia verificado o equipamento de emergência e os carrinhos de comida, aprontado os bules de café e chá e organizado os jornais nos lugares.

— Vou guardar minha bagagem e ajudo você.

Temos muitas recordações juntas de nossas viagens para a Austrália. Passamos três meses fazendo uma rota entre Bangkok e Sidney antes de voltar para a Itália. Naquela ocasião, aproveitamos as paisagens estonteantes de Queensland, com aquele céu azul que contrasta com a terra vermelha. Exploramos as florestas tropicais durante a noite, descobrindo vaga-lumes do tamanho de lâmpadas. Conhecemos os aborígenes e acariciamos cangurus. Passeamos pelas ilhotas tailandesas e bebemos juntas em Bali, na Indonésia, uma bebida local chamada Arak, que é muito forte.

Fazer compras em Bangkok era uma aventura cheia de surpresas, eu descobria produtos que nunca poderia imaginar que existiam, e a negociação dos preços era uma parte necessária da aquisição e da venda. Não se tratava de um encontro de vontades, mas uma oportunidade para construir juntos um acordo e conhecer um ao outro. Tecidos, joias, objetos para a casa podiam ser encontrados em grandes quantidades no mercado *Pahurat* e no maravilhoso mercado de fim de semana *Chatuchat*, além das grandes lojas *Mahboonkrong Center*, na *Phaya Thai Road*, e no *Siam Center*, na *Rama I Road*. A culinária local à base de frango, peixe, verduras e arroz era ótima, a vida noturna muito alegre, e muito diferente de qualquer outra cidade no mundo, com inesquecíveis massagens tradicionais que fazíamos juntas depois de passar o dia caminhando.

Ela sempre fotografava tudo, uma paixão que deixou depois do nascimento de seus dois filhos.

Eu estava pronta para o serviço.

Tentei logo achar outro assento para uma senhora que, por um erro, havia sido colocada com uma criança próxima a uma saída de emergência, e a ajudei a mudar de lugar. Despachei uma bagagem muito volumosa de um passageiro, pedindo para que ele retirasse as coisas que pudessem ser úteis durante o voo.

Silvia pediu minha ajuda para acalmar um grupo especialmente barulhento que incomodava os demais passageiros e, juntas, pedimos para que falassem mais baixo e parassem de cantar, tentando manter um tom de voz adequado.

Convidei um passageiro a voltar para seu assento designado, visto que as normas da companhia eram muito claras no que concerne a permanência na primeira classe.

Ele me disse que apenas queria falar com um amigo, então achei dois assentos juntos disponíveis na classe econômica que eles poderiam usar para conversar.

Avisei a um menino que ele não podia usar nem o *Game Boy* nem o *discman* e acabei decepcionando também a mãe, que esperava que eu não percebesse o fato de ela ainda não ter posto o cinto de segurança, que estava balançando embaixo do assento.

Um passageiro sugeriu que eu aumentasse o número de jornais disponíveis a bordo, pois o que ele pediu já havia acabado. Expliquei que infelizmente tínhamos um número limitado de cópias a bordo e sugeri outro jornal, que ele se recusou a ler. Também desejei que ele encontrasse o jornal que desejava no aeroporto de destino, já que estávamos em um voo nacional.

Informei ao passageiro com a barriga roncando que o lanche só seria servido depois da decolagem e que não haviam mandado a baguette com pouca maionese que ele pediu, já que em voos domésticos só se podia escolher entre biscoito doce e salgado.

Todos finalmente se sentaram e puseram os cintos. Chovia forte, e o vento fez chacoalhar todo o avião.

Estávamos prontos para a decolagem.

Depois de uma rápida circulação, atingimos a altitude de cruzeiro, ultrapassando o acúmulo de nuvens que pareciam macias como algodão, mas uma turbulência forte não deu trégua durante todo o voo.

Não foram oferecidas bebidas para evitar danos ao carrinho e acidentes com o chá fervendo.

Uma garota não conseguia segurar as lágrimas, tremia e agarrava com força o apoio para os braços.

Aproximei-me dela, pus minha mão nas costas e a assegurei que as turbulências não eram perigosas, só desagradáveis, pois assustava os passageiros. O importante era manter o cinto afivelado para evitar se machucar.

Ainda disse que voar é muito mais seguro do que andar de automóvel, e comparei o voo com turbulências a atravessar de carro um terreno cheio de buracos e pedras.

Ela queria acreditar, mas o medo quase a paralisava, manteve-a com o ar preso até o suspiro final, depois da aterrissagem.

A espera no aeroporto era de cerca de uma hora, para carregar mais comida a bordo e limpar a cabine.

Fui ao bar com Silvia para fazer uma pausa antes do próximo embarque.

— Você toma um café sem açúcar com umas gotinhas de leite frio, certo?

— Exato. E para você, um cappuccino com duas colheres de açúcar e um *croissant* integral.

Já tínhamos tomado tantos cafés da manhã juntas. Conhecer os hábitos matinais de alguém é sinal de grande intimidade, e nós estávamos muito afiadas.

Com o passar do tempo e as obrigações da vida pessoal, acabamos nos distanciando e, ainda mais vivendo em uma cidade grande e caótica como Roma, acaba sendo difícil manter contato se se mora em bairros diferentes uma da outra, já que o tempo para nos encontrarmos, a depender do trânsito, pode chegar a duas horas.

— Como está o Giulio? E os pequenos? — Perguntei, feliz de saber das novidades, mas ainda não muito preparada para contar das minhas.

— As crianças estão muito bem, apesar de sentirem nossa falta. Sabe que o Giulio opera em Londres com frequência, e eu não consigo me organizar com esses turnos! Além disso, ele está sempre distraído e é muito desorganizado, não presta muita atenção nas crianças. Eu preciso pensar em tudo, no almoço, no café, na escola, no esporte, na limpeza, no pediatra. Nunca está presente e não assume responsabilidade pelas crianças! Ele não sabe nem que precisa cortar as unhas das crianças. Nunca cortou, nem nunca imaginou que precisasse cortar. Não o aguento mais, acho que em alguns meses vou entrar em uma bela discussão com meu marido. O que você acha desses voos em horário comercial que a companhia oferece aos separados que têm filhos?

— Não acho que seja a solução ideal.

— Sim, você tem razão, eu só estou um pouco estressada!

— Está tendo um dia difícil?

— Sabe, Anna, eu estou tendo um problema.

— O que aconteceu?

— Lembra do Tonino, aquele piloto de Novara?

— Sim, claro que lembro.

Como é que eu poderia esquecer daquele homem? Desde jovem, eu tinha uma queda por ele.

— Faz um ano que ele se demitiu e comprou um apartamento na Guatemala, perto da fronteira com o México, mas está sempre aqui na Itália.

— Você ainda mantém contato com ele?

— Estou tendo uma relação com ele há alguns meses. Para poder ficar com ele mais tranquila, eu dou ao Giulio os horários errados dos meus voos, mas já não estou mais conseguindo lidar com a situação. Além disso, o Tonino está começando a ficar cheio de ciúmes do meu marido, o que me obriga a mentir sobre minhas escalas para ele também, para poder ficar em casa tranquila em meus dias de folga e evitar discussões.

– Que confusão! Você está mentindo para o amante que começou a ter ciúmes do seu marido, e mente sobre seus horários de voo para evitar problemas com os dois.

– Preciso encontrar uma solução o quanto antes, pois acho que estou negligenciando muito minha família. Vou tentar resolver essa situação que deixei sair do controle.

– Bem, vamos voltar que vamos nos atrasar!

Dei-me conta de que já eram 14h00min por causa de um leve resmungo do meu estômago.

Mais uma vez, não tivemos tempo para almoçar.

A comida a bordo reservada para a tripulação não era muito boa. Em vez da anchova na salada, que não estava com bom aspecto, preferi uma barrinha de granola, que matava a fome e era mais adequada à minha colite, que começava a dar os primeiros sinais de vida daquele dia, com pequenas dores abdominais.

Mais um voo, chegam os passageiros.

– Infelizmente, durante a decolagem o senhor não pode manter a mesinha aberta.

– Não, você não pode me obrigar. Eu preciso terminar de escrever um documento muito importante!

Depois de explicar inutilmente o motivo daquela regra, garantindo que ele poderia abri-la de volta quando chegássemos à altitude de cruzeiro, fechei a mesinha e fui embora. Não era possível trocar de assento porque não havia outros disponíveis.

A decolagem estava próxima, e eu precisava me apressar. O voo estava lotado, a colite estava incomodando, e as dores passaram de leves para fortes.

– Vou fazer uma reclamação com a empresa! – disse o passageiro.

E fez mesmo. Tive de me explicar em um dia de folga.

Nas últimas fileiras, estavam seis agentes à paisana e um homem escondendo as algemas que, por decisão judicial, devia manter durante todo o voo, exceto em caso de emergência.

Seus olhos eram de gelo, nenhuma emoção transparecia no rosto.

Não falava, mas escutava tudo com interesse.

Depois da decolagem, pedi informações sobre ele, e os agentes mantiveram seu nome em segredo, mas avisaram que ele era muito perigoso e que foi chefe de uma organização mafiosa.

Disseram que ele era um criminoso envolvido em casos de extorsão, agiotagem e homicídio. Não havia se arrependido, não sentia nenhum remorso, não queria colaborar com a justiça.

Durante o serviço de bordo, perguntei se ele queria algo para beber, mas ele percebeu meu olhar de desdém e indignação.

Parecia que ele lia meus pensamentos.

– Sim, eu decidia quem devia ser eliminado, como e quando, mas eu sou limpo e nunca sujei as mãos, senhora. – e continuou – Na guerra da máfia, a morte do outro significa a minha vida, um ou outro deve vencer, não é?

Percebi um sotaque familiar.

Segui adiante, pois não tinha nada mais a dizer.

Que sorte que ele estava algemado.

A última rota previa uma estada em Amsterdã. Decidi com Silvia que no dia seguinte iríamos ao mercado das flores para comprar um maço de tulipas e visitar o *Rijksmuseum*, o maior museu da Holanda.

Depois, voltei para casa. Minha vida me esperava, e eu precisava voltar a ela. Pus aquelas flores coloridas em um vaso de vidro transparente sobre a mesa da cozinha, pois elas me confortavam um pouco.

Fragmentos de um casamento

Pai e filho iam para a casa da minha sogra no almoço, janta e para dormir enquanto eu estava ausente pelo trabalho.

Minha presença esporádica em casa dificultava a intimidade e a confiança.

O período em que nos sentimos próximos um do outro foi breve, talvez apenas a ilusão de que o amor pudesse ser verdadeiro e que satisfaria aquela necessidade que, na verdade, ambos eram incapazes de confrontar e satisfazer.

Parecia que nossa história havia nascido para que pudéssemos nos apoiar um no outro e curar feridas antigas, doloridas e ainda não cicatrizadas, na esperança de encontrar uma solução milagrosa para o vazia na alma que sentíamos.

Nossa relação se enfraquecia, as bases ruíam lentamente. Falta de comunicação, menor senso de responsabilidade recíproca, perda de confiança, tudo isso se aprofundava devido à distância física e emocional que crescia a cada nova partida.

Nosso único objetivo comum era formar uma família e ter filhos.

A mãe dele forçou o casamento porque queria ter um netinho, e qualquer pretendente que aparecesse seria indigna do filho, mas isso não era um problema.

As condições eram que a candidata fosse gentil, afável, agradável, moderada e bem educada.

O bem-estar da mãe era o mais importante.

A simplicidade, a risada, o andar de mãos dadas, a cumplicidade e a vontade de estar juntos, tudo isso sumiu. Tudo o que eu acreditava ser o suficiente para ficarmos juntos e superar qualquer dificuldade.

Não conseguimos ser unidos de verdade e ficar juntos nos momentos mais difíceis, tanto por egoísmo quanto por interesses divergentes.

O afeto e a paixão foram se apagando, e o último período foi de profunda crise.

Eu não conseguia mais lembrar dos momentos em que o olhava nos olhos com atenção e carinho. Sequer me lembrava da última vez que conversamos de verdade, para além da troca de informações práticas.

Seus beijos apaixonados eram uma lembrança distante.

Eu sofria cada vez mais.

Eu sentia mais uma vez aquele sufocamento; havia perdido aquela independência que busquei desde pequena.

Queria fugir de novo para tomar posse da minha própria vida.

Não concordava com os conselhos e as decisões de meu marido e sua mãe, mal conseguia suportar as falsas cortesias convencionais que trocávamos, não podia mais suportar as hipocrisias, necessárias ou inúteis.

Minha realidade parecia não ter mais luz, ar, surpresa ou sonho.

Queria acabar com aquele sentimento de insatisfação que me deixava infeliz, me desviava do meu projeto de vida e me dava um sentimento de fracasso.

Eu tentava me convencer a todo custo que os sentimentos eram eternos para me defender daquela inquietude que me atormentava. Isso deixava as coisas mais suportáveis. Queria ficar tranquila no meu canto, construído com a promessa recíproca de que o amor seria para sempre.

Em vez disso, descobria que não era bem assim. A esperança de ter segurança era destruída pela insatisfação pessoal.

Os modos de meu marido, que se tornaram mesquinhos, revelavam que a utopia que sempre desejei se virou um sonho irrealizável.

Porém, uma corda invisível nos mantinha juntos, embora a alegria e o otimismo de estar junto já se houvesse despedaçado.

O que permanecia era o hábito, a familiaridade aparente e o engano recíproco, que se sustentavam por um medo inconsciente do vazio que tomava conta quando eu pensava em acabar com nossa história.

Durante os momentos de crise, passei longos períodos em tensão constante.

No trabalho, eu estava sempre nervosa. Confesso que, às vezes, mal conseguia aguentar os colegas e os passageiros, era difícil estar sempre sorridente, e se esgotava aquela paciência e empatia fundamental para qualquer função que exija contato com o público.

Os obstáculos a superar eram contínuos e extenuantes.

A comunicação entre mim e meu marido se transformou em um cansativo jogo de explicações detalhadas, de argumentos transformados em defesa pessoal, de troca de acusações até o ponto do absurdo.

Ele não conseguia mais demonstrar afeto e carinho, transparecia em seus olhos a completa indiferença, o que se confirmava pelo comportamento.

Seu desejo de contato físico desapareceu, e com isso meu orgulho feminino se dilacerou.

Eu tentava fazer racionalizações.

Aquele jeito dele talvez se devesse à incapacidade de se deixar levar, à propensão que ele tinha de sempre viver dentro dos caminhos impostos pela mãe.

A ideia de uma carícia havia se transformado em algo tão distante, que não conseguia mais imaginar um gesto de afeto dele, sequer uma troca de olhares românticos.

O carinho e a sensibilidade que me haviam atraído desapareceram. Não deixaram nada além da consciência de alguns aspectos de seu caráter e da capacidade de prever gestos e antecipar reações. Nos tornamos dois estranhos que conviviam.

A infelicidade era forte e violenta, a tristeza parecia sedimentada no fundo do coração.

O fato de ele dirigir toda sua atenção ao trabalho me deixava ainda mais alheia, e me levava a um longo percurso que nos deixaria ainda mais distantes um do outro.

Comecei a não ouvir mais as poucas palavras que ele me dirigia. Não concordava mais com suas opiniões, que nos últimos tempos começaram a ficar ofensivas, não apenas em relação a mim, mas a tudo o que pudesse me dizer respeito.

Lembro-me de todas as vezes que o vi de perto no começo de nossa crise. Eu sentia vontade de corrigir os músculos de seu rosto para deixá-lo com feições mais suaves, fazendo-o esboçar um sorriso que já não existia mais, deixando suas palavras mais agradáveis, assim como o modo como ele se movia. Tudo isso para apagar o homem que eu tinha diante de mim, que eu não reconhecia mais, e substituí-lo pelo homem que ele era no início.

Eu me sentia aprisionada, mas não admitia isso a mim mesma.

Chegamos ao ponto em que nenhum dos dois pensava no outro, apenas nos privávamos de ser quem éramos de verdade, sem liberdade para ser de qualquer outro jeito além do que cada um esperava que o companheiro deveria ser.

Parecia que já tínhamos dito tudo o que poderíamos dizer um ao outro e que não era mais possível nenhuma surpresa, por menor que fosse.

Não aguentávamos a presença um do outro e qualquer gesto ou maneirismo irritava profundamente. A vida havia se tornado uma adaptação contínua, em que trocávamos acusações recíprocas e não conseguíamos encontrar solução para nada.

Os pequenos defeitos que antes faziam rir se tornaram insuportáveis.

Até aquela xícara deixada na mesa da cozinha de manhã, e as migalhas de biscoito sobre a toalha viraram motivo de briga.

A intolerância passou a reinar soberana.

Tentei consertar o que não tinha conserto.

Pensei que pudesse ser apenas um momento de crise, mas todas as soluções que eu encontrava para o problema pareciam erradas.

Eu sempre sentia como se estivesse usando roupas que não me serviam direito, que me incomodavam e não deixavam que eu me movesse livremente.

Queria arrancá-las do corpo.

Desejava fugir daquela jaula dourada onde eu sentia que cumpria minha pena, onde um anulava o outro, onde a infelicidade dominava tudo o que havia restado de nós.

Não havia mais espaço para encher novas gavetas dentro de mim. O que restava era uma tristeza disforme, feita de culpa, de perda e de vazio, imersos em uma espécie de apatia.

Uma foto em nosso quarto me fez pensar em quanto tempo nos separava daquele momento, como se haviam descolorido e enfraquecido os sentimentos do começo.

Perguntei-me se o tempo, no fim, acabava por esmagar e destruir as paixões, se devíamos contê-lo e combatê-lo ou superá-lo.

Eu me sentia presa em uma arapuca: remoía culpas antigas ao mesmo tempo em que o culpava por muitas outras coisas.

Recebi a nova escala mensal e vi que precisaria ir para Los Angeles por sete dias.

Teria possibilidade de pensar, e os passeios pelas lindas praias californianas ajudariam a encontrar uma resposta.

A pressa sempre foi a pior conselheira.

Antes de sair para o aeroporto, com a mala em mãos e de uniforme, me perguntei se deveria permanecer dentro dos limites seguros da vida que eu conhecia; queria saber se era cedo demais ou tarde demais para ir embora.

Partir com angústia no coração é uma das piores coisas que pode acontecer. A vida pessoal atribulada precisa ficar de lado, e atravessamos uma infinidade de lugares, tempos, pessoas, espaços, tentando manter a calma e o sorriso no rosto que o ofício exige. E parece que é exatamente nesses voos que aqueles pequenos inconvenientes acontecem com mais frequência.

Naquele dia, com a sensação de estar presa em um tubo de ferro pressurizado a mil metros de altura, me alegrei por tudo estar um pouco melhor, mas alguns problemas aconteceram que me deixaram um pouco desanimada.

Não foram embarcados os fones de ouvido e os jornais, e só pude me desculpar e pedir a compreensão de todos; o passageiro estava dormindo durante o serviço de bordo, eu o chamei em voz baixa para tentar acordá-lo, chamando-o pelo nome, e desejando um bom dia. Ele me disse secamente que não queria ser acordado, embora tivesse confirmado na partida que queria.

A refeição vegetariana de outro passageiro não foi embarcada, e isso foi uma tragédia. Fiz o registro da reclamação e ofereci algo, para que ele não ficasse o voo inteiro sem comer nada.

Derrubei café nas costas de um passageiro e, em meio às desculpas, tentei ajudá-lo a limpar a roupa com um lencinho umedecido.

Naqueles dias, tudo estava mais obscuro, e aquilo que me rodeava parecia refletir meu estado de espírito.

Não pude fazer nada além de confiar em Santa Bona, a padroeira das comissárias de bordo, nomeada pelo Papa João XXIII em março de 1962. A santa sempre está disponível para confortar os peregrinos nos momentos mais difíceis.

Voo AM 1148 Milão-Bari

A gravação do sistema de som dava as boas-vindas aos passageiros no voo com destino a Bari, de Milão Malpensa. Muitos deles estavam em trânsito de outros lugares e, cansados, tinham pressa para finalmente chegar ao destino.

As notas da música transmitida a bordo rodeava a todos, que guardavam a bagagem e os casacos.

Exceto uma pessoa.

Percebi uma senhora que parecia consumida pela dor, a tal ponto que eu sentia a dor junto com ela.

O rosto da passageira estava perturbado, os olhos eram lúcidos e tão tristes que parecia impossível mirá-los diretamente. Os lábios estavam fechados com força, a angústia cobria cada poro da pele, como se fosse um perfume que se sentia de fora.

Ela guardava a bagagem como um robô, parecia que agia no piloto automático, inconscientemente, como se nada do que acontecia ao seu redor fosse real em seu mundo cheio de lágrimas contidas.

Durante o serviço de bordo, ela sequer teve força ou vontade de me dizer que não queria beber nada, pois foi possível intuí-lo pela expressão facial.

Durante o voo, ela veio até a parte da frente da cabine e perguntou se podia se deitar.

Seu rosto estava muito vermelho, os olhos pareciam implorar por uma paz que ela já sabia que ninguém poderia lhe dar.

Aproximei-me dela e perguntei se estava mal e de que forma poderia ajudá la.

Ela respondeu que não.

Com o olhar, comuniquei que gostaria de poder fazer algo por ela.

Ela olhou nos meus olhos e deixou as lágrimas rolarem, agora descendo livres por aquele rosto dilacerado pelo desespero, cheio de rugas de dor.

– Minha irmã morreu. Morreu hoje de tarde, apesar de nós termos nos falado ainda hoje de manhã. Ela só estava com um pouco de febre por causa de uma ferida infeccionada.

Eu a abracei.

– Ela queria me dizer tantas coisas, mas estava se sentindo fraca e acabou se despedindo rápido. Me dizia que estava cansada e que nos falaríamos amanhã. Foi assim que nos despedimos.

Aquelas foram suas últimas palavras.

As lágrimas continuaram caindo. Caíam nela, caíam em mim, caíam em seu mundo, que, naquele momento, não tinha mais nenhuma luz.

Fiquei sentada ao lado dela durante o resto do voo, em silêncio, próximas.

Estávamos próximos de aterrissar, já era de noite e as luzes da cabine foram desligadas para ver melhor as luzes da cidade.

A aterrissagem foi suave, diferente das dores da vida.

Despedimo-nos com um aceno e um sorriso.

Até logo, minha cara senhora.

U.M - Menor desacompanhada

No voo seguinte, encontrei com a pequena Annalisa. Tinha seis anos e viajava sozinha.

Ela era uma "menor desacompanhada", que é como constam na lista de passageiros crianças, com idade entre cinco e quinze anos, sem acompanhante maior de idade.

Tinha uma plaquinha plastificada ao redor do pescoço, escrito em letras garrafais "U.M." em vermelho e branco, o que servia para distingui-la dos outros passageiros e guardar a passagem e os documentos de viagem.

Ela esperou na salinha com uma pessoa designada pela companhia, levada a bordo por outra funcionária e recebida pelas comissárias.

Annalisa não estava assustada, mas escondia seus grandes olhos azuis atrás dos cabelos negros. Nós duas tínhamos as mesmas cores.

Ela não queria conversar, mas para mim parecia um livro aberto: sentia-se sozinha.

Estava indo de Turim a Roma, e de lá a Barcelona.

Assim que a olhei, peguei-a pela mão e afaguei seus cabelos. Era uma criança muito doce. Disse-lhe que seu nome era lindo e a acompanhei até seu lugar, em um assento de janela.

Annalisa apertou minha mão com força. Senti que não queria soltar.

Ajudei-a a guardar a mochila, e ela me mostrou o coelhinho de pelúcia, que eu deixei a seu lado e avisei que, durante a decolagem, ele precisaria usar o cinto de segurança como ela.

Annalisa me olhou e perguntou se poderia se sentar próxima de mim.

Isso não era possível, pois estávamos nos preparando para a partida e eu precisava me apressar, porque meu banco era no fundo do avião. Ela não insistiu nem reclamou, sabia que precisava aceitar as condições, assim como todos os outros.

Depois da decolagem, minha colega na parte da frente da cabine pediu para que eu fizesse o serviço de bordo junto com ela, pois Annalisa estava me esperando.

Os copos de café serviam perfeitamente como chapéus para Annalisa e seu coelhinho. Pôs um transparente e outro branco.

Que elegante!

Quantos beijos dei naquelas bochechinhas fofas?

Na aterrissagem, cumprimentei-a com uma carícia.

Depois do desembarque, a responsável por acompanhá-la estava com pressa para levá-la até a salinha e esperar o próximo voo, mas Annalisa não queria sair do avião até que eu aparecesse do fundo da aeronave.

Corri até ela e acariciei seus cabelos novamente. Queria tirar uma foto para mostrar à mãe, com quem vivia em Barcelona, mas também para o pai e os avós, que ficaram em Turim, de quem não queria falar.

Até logo, minha cara Annalisa. Voltei para casa.

Eu, você e ela

Existe algum remédio, um antídoto ou solução para curar a gangrena de que sofria nosso casamento?

Eu esperava que sim.

A solução chegou um dia e foi completamente diferente daquilo que eu imaginei que seria ou poderia esperar.

naquele momento, me dei conta de que conhecia um homem velhaco e infiel: meu marido.

Uma pessoa que não pensou duas vezes ao romper com as regras acordadas no casamento.

Descobri que ele tinha uma amante e levava uma vida dupla.

Aquela traição queimou minha alma e me deu um profundo desgosto, dor e desânimo.

A outra era uma russa de 20 anos.

Tão desprezível e banal; tão pobre, miserável.

Alguns dias depois de a conhecer, ele perdeu a cabeça e a levou, junto com Alessandro, nosso filho de três anos, para jantar com amigos em comum, aproveitando que eu estava ausente.

O menino, sentado na cadeirinha no banco de trás, viu cenas impróprias para crianças: a troca de carícias efusivas entre dois amantes que não tiveram o cuidado de respeitar a ele e a mim.

Meu querido Alessandro começou a chorar depois de ver o papai beijar outra.

Ele chorava e perguntava a si mesmo e a mim se a namorada do papai não deveria ser apenas a mamãe.

E eu chorava com ele, sem saber responder, porque aquela pergunta inocente desmanchava minhas últimas ilusões.

Aquele último pingo de esperança desapareceu em um segundo.

Não sei quem de nós dois estava mais desesperado. Ele cheio de ingenuidade, eu de malícia, ambos parte de uma peça de comédia, com um roteiro que oscilava entre o grotesco e o trágico.

Foi dessa forma que aquele homem decidiu revelar oficialmente sua relação, clandestina até aquele momento.

Alessandro chorou todas as noites durante mais de um ano, insistente e desesperado.

Eu também chorava, mas fechada no banheiro de serviço, ao lado da cozinha, com a porta trancada.

— Por que o papai não está mais aqui com a gente? Por que todos os outros meninos têm pai e eu não? Eu quero que ele fique aqui comigo, como todos os outros — ele me implorava.

As lágrimas rolavam pelo rosto dele.

Seu choro nunca era de irritação, era sempre um choro de dor, muitas vezes ele soluçava, às vezes suave, silencioso, desolado.

As horas mais difíceis eram de noite.

Nós repetíamos a palavra mágica "abracadabra" como se fosse uma válvula de escape, sempre antes de dormir, e pensávamos em um desejo que queríamos ver realizado, sem contar ao outro.

Talvez fosse o mesmo para ambos.

Foi um período muito duro.

Pedi duas semanas de folga do trabalho, pois meu estado físico e emocional estava debilitado. O médico disse que eu deveria parar de voar por um tempo e, quando comecei a chorar em resposta à pergunta sobre como eu estava, ele diagnosticou "estado emocional instável".

Ao relembrar o passado com Marco, percebi que minha infelicidade sempre foi sua companheira. Ele perdeu o amor por todas as mulheres com quem se relacionou e sempre terminou suas histórias assim que o entusiasmo inicial se apagava.

Passada a fase da diversão, da descoberta, sempre acabava se encontrando na mesma situação, e eu não fui exceção.

Muito superficial, seu egoísmo o levava a fugir da realidade das coisas.

Os pensamentos e as impressões a meu respeito sempre foram deformados pela influência da mãe. As palavras de amor tiveram vida curta.

A cumplicidade sutil que eu desejava não foi nada além de uma miragem inicial.

Seus pais, que tinham grande estabilidade econômica, conquistada a duras penas, quiseram dar ao filho uma criação diferente da que tiveram, realizando todos os seus desejos e não deixando faltar nada a ele.

As consequências foram a dificuldade que ele tinha de diferenciar um objeto de uma mulher, a incapacidade de assumir responsabilidades e gerir conflitos internos, e os modos infantis e imaturos, embora os tempos de adolescência tivessem passado há tempos.

O filho passou tempo demais no centro dos afetos maternos, incapaz de se afastar e de cuidar dos outros.

Com o nascimento do primeiro filho, ele sofreu uma crise de crescimento e de amadurecimento, o que o levou a abandonar nossa casa.

Quem devia ser pai e marido nos deixou sozinhos, à mercê de nossa dor.

Era quase certo que ele continuaria providenciando o sustento econômico, e eu tinha um trabalho que me dava independência, mas, naquele momento, essa segurança não bastava para diminuir a solidão que nos asfixiava.

Eu apertava o menino, prometia que encontraríamos uma solução.

Segurava minhas lágrimas durante o dia para derramá-las à noite, depois de me assegurar que ele estava dormindo. Eu corria ao banheiro para esconder aqueles vestígios que eu não conseguia reter e que às vezes corriam pelo rosto sem querer.

Aqueles soluços que eu dava perto de Alessandro, mesmo sufocados entre minhas parcas palavras, chegavam aos ouvidos dele, embora eu tentasse impedir que isso acontecesse e confortá-lo.

— Sim, sei que tudo estava mal e que você sabia disso melhor do que todos — eu dizia a mim mesma.

Mas agora eu tinha mudado de ideia.

Eu não queria aceitar que aquilo estava acontecendo, pensava que não podia ser verdade, porque não podia estar acontecendo comigo.

Eu não conseguia me preparar para enfrentar aquela situação, e queria ignorar a verdade, porque eu não era capaz de superar aquilo, porque eu estava perdida e assustada, porque tudo aquilo me fazia mal. Sobretudo, eu não sabia como contar aquilo a meus pais.

Eu me perguntava o que poderia fazer para resolver a situação e voltar à normalidade que tanto buscava.

Pensei que poderia perdoar meu marido e, com o tempo, poderia tentar esquecer aquela escapada.

Poderíamos tentar reestabelecer o equilíbrio perdido e encontrar a solução para uma nova vida juntos, compreender os erros cometidos e superar a crise.

Seria uma mudança em um relacionamento em crise, e teríamos a possibilidade de crescer juntos.

Uma pena que eu fosse a única com aquela ideia.

Paradoxalmente, eu fingia querer a verdade, mas no fundo não queria conhecê-la, porque não queria aceitar as informações que chegavam a mim, muito difíceis de aceitar: ele a escolhia, não a mim.

Pedi informações sobre o que estava acontecendo e continuei me surpreendendo e sentindo raiva daquela realidade que, embora eu tivesse sob os olhos, expulsava dos pensamentos.

Compreendi que o sonho tinha acabado.

Os escombros daquele desastre caíram sobre mim, e eu tinha uma sensação estranha: era como se uma parte do meu corpo tivesse sido arrancada. Eu queria chorar aquela perda, mas já não me sentia inteira.

Eu não conseguia aceitar o fim da minha família, não suportava a presença de uma estranha, que me afastava do homem com quem me casei, e fiz de tudo, talvez demais, para reconquistar o amor que se havia despedaçado.

Apesar dos insucessos, das falhas e dos erros, minha identidade não tinha nada além dele como ponto de referência.

Um ciclone havia levado embora todas as minhas certezas.

Durante meses, antes que ele viesse para ver o filho ou levá-lo para casa por causa de minhas viagens, eu corria para o banheiro, me maquiava, me penteava e colocava um vestido que ele poderia gostar. Hoje me dou conta de que o perfume e os sapatos de salto alto, enquanto eu estava em casa, só me faziam parecer mais desesperada.

Eu tentava sorrir para ele, para criar uma atmosfera calorosa em que pudéssemos voltar a nos relacionar, junto com nosso filho, e sempre esperava que ele ficasse para jantar.

Arranjei para que, uma noite, ficássemos sozinhos, levando Alessandro para dormir antes do horário. Tentei beijá-lo, mas não recebi em troca nada além de um distanciamento decidido que ele impôs a uma mulher que já nem reconhecia mais.

Tentei me aproximar de minha sogra para ganhar mais uma aliada. Com muita dificuldade, eu tentava lutar contra aquele sentimento de desprezo que ela sentia por mim e fiz o possível para tentar conhecê-la melhor.

Eu sabia que ela também havia sofrido muito ao longo da vida e achava que poderia me entender naquele momento difícil, encontrando alguma daquelas soluções sensatas que ela sempre achava, desta vez a meu pedido.

Ela sempre havia afirmado que a união familiar é um bem inestimável e, seguramente, favoreceria uma aproximação entre nós.

Eu não queria privar meu filho daquilo, pois essa ruptura enfraqueceria as certezas e as relações afetivas do menino, que não teria nenhum ponto de referência.

Como sempre, meu trabalho não ajudava a situação. Nesse emprego, é extremamente difícil se organizar e achar soluções adequadas nos momentos de grande crise familiar.

Tornou-se difícil e pesado sempre se afastar para depois voltar.

Eu detestava aquelas malinhas que andavam de um lado para o outro pela casa, e começava a ter distúrbios de sono por causa do fuso horário. O que eu queria era estabilidade.

Eu sentia a necessidade de me libertar, mesmo que apenas por um momento, das frias e distantes conversas que eu tinha com minha sogra e de que me sentia prisioneira. Eu precisava me abrir para senti-la mais próxima de mim e esperava que pudéssemos encontrar um ponto comum naquele momento difícil.

Minha sogra deu aquele sorriso falso de sempre quando nos encontrávamos, deixou de lado aquelas sugestões e conselhos que costumava dar.

Ela nem queria me escutar, parecia aliviada com o distanciamento entre mim e o filho.

Não obtive resposta.

Acabei tendo muitas reações diferentes.

Tentei usar suas culpas a meu favor.

Todos os meus esforços acabaram dando em nada.

Quis conhecer melhor aquela que se tornou minha pior inimiga, a minha rival.

Observei, examinei, pesquisei atentamente mulheres como ela.

No avião, não era difícil encontrá-las.

Então, acabei adquirindo uma visão deformada, olhava para elas com lentes sujas de dor e olhos cegos de raiva.

Caçadoras de homens com uma boa conta bancária, estabelecidos, mas cansados da rotina familiar, sedentos por validação e presos em uma vida que passa inexoravelmente, mostrando todas as nossas imperfeições, dores e responsabilidades.

Ali estavam aquelas mulheres, aos braços desses homens, cuja excitação sexual supera em muito a culpa pelo adultério que cometem.

Essas mulheres são belas e frias, sabem exatamente o que querem e interpretam cenas românticas vestindo roupas fascinantes.

Elas sabem ficar ao lado de um homem sem demonstrar impaciência e esperam com calma o momento em que poderão comandar a situação e obter vantagens econômicas satisfatórias.

Adoram se divertir, e seu entusiasmo cheio de juventude e beleza as faz parecer muito desejáveis, quase etéreas.

São tão dóceis em aparência, e os homens, já maduros, pensam, até que se prove o contrário (o que não demora a chegar), que nunca estiveram tão apaixonados em toda a vida.

A relação é sempre a mesma, entre um homem maduro, casado, economicamente independente, e uma moça jovem e bela.

Uma troca entre dois efêmeros valores de beleza e poder.

Meu orgulho ferido se perguntava como faziam para chamar aquilo de amor.

Eu observava com atenção o comportamento desse tipo de casal quando passavam por mim, principalmente nos voos para o leste.

Ela tinha movimentos graciosos e era segura da própria beleza, o que se confirmava pelo olhar embasbacado do companheiro; ele tocava nela levemente, como se quisesse confirmar que a possuía efetivamente, crente de ser o único proprietário de uma obra de arte rara.

As pernas dela eram longas e esguias, o corpo esbelto e jovem, modelado com esmero pela mãe natureza, seios exibidos com malícia e um rosto que, se à primeira vista parece sem brilho ou cor, se mostra aos poucos como o retrato de um anjo, pálido, com a tez muito diferente da nossa: branca, cândida, pura e polida; e dois olhos que, embora insignificantes e plúmbeos, seduzem com um olhar de gelo.

Lolitas disponíveis, delicadas nos modos e desinibidas nos movimentos, adocicados por um senso de inferioridade invisível, que se deve à condição econômica inferior, demonstram com habilidade atitudes de ingenuidade, o que as faz parecer cheias de graça e fascínio.

Apostam no jogo dos sentidos até o fim e, como crianças sedutoras, compreendem que o erotismo oferece ótimas ideias para esses jogos, o que é necessário para amarrar o escolhido.

Apaixonam-se pelo poder, pelo dinheiro, pelo luxo, pela comodidade, pela extravagância, por tudo aquilo que faltou durante a infância, sem com isso erradicar o desejo, impresso indelevelmente no olhar dos pobres pais, incapazes de oferecer aquela riqueza alheia e sempre desejada, o que, para eles, se resume a uma cultura e uma política absolutistas.

Seus olhos são quase cegos pelo desejo daquilo de que tanto sentiram falta e, assim que encontram aquela pessoa capaz de satisfazer seus sonhos de riqueza, interpretam como amor aquele sentimento que sentem por quem detém o poder, que tem o sabor de um resgate para toda a vida.

Objetivo final: casamento, mesmo que em segundas núpcias, com contribuições patrimoniais para a esposa.

Os homens começam a pintar o cabelo, aprendem os passinhos da última dança da moda, começam a ir para a academia e a se vestir como jovens.

Estão convencidos de as terem seduzido com seu fascínio, sua personalidade, com o *sex appeal* e o carisma *forever young*, certamente não pelo capital ou as jantinhas que oferecem.

A bordo, comecei a notar as atitudes inadequadas das pessoas e me esforçava para manter a calma e o equilíbrio necessário para resolver as situações constrangedoras.

Passageiros: comportamentos estranhos no voo

Manual de sobrevivência em ambiente limitado e em estreito contato com os outros:

Muitas vezes eu encontrava com algum passageiro indignado.

Pessoas que não queriam que os outros guardassem a mala naquele que consideravam ser o seu compartimento.

— De quem são essas malas? — perguntava aos gritos.

Com tom autoritário, olhares feios e ameaçadores, olhava os passageiros em volta e me chamava, como se quisesse denunciar o que ele considerava uma invasão, quase um furto: o espaço sobre sua cabeça era sua propriedade.

Depois, era a vez do individualista.

Não permitia que ninguém tocasse sua mochila, muito menos seu casaco, estendido sobre o compartimento superior.

Eu lhe lembrava que o compartimento superior era para o uso de todos, e que seria oportuno armazenar as bagagens corretamente para favorecer a todos, certamente sem invadir o espaço dos outros, nem se aproveitando de seu espaço.

Enfatizando que é sempre conveniente despachar as malas mais pesadas e reduzir a bagagem de mão para que ela possa ser carregada com estilo e discrição.

Sempre aparecia o engenhoso, cansado por carregar sua bagagem, que entrava no voo e, antes de guardá-la no compartimento superior, colocava o cartão de embarque na boca, apoiado entre os lábios e os dentes.

É bastante competente quem consegue conversar com o bilhete entre os lábios; habilidoso o que consegue segurar também o passaporte; *expert*, se junto do bilhete e da identidade, consegue também colocar o jornal na boca.

Eu sugeriria outra forma de se organizar para achar procedimentos mais cômodos: colocar os pertences na cadeira, sobre o apoio da cabeça, na bolsa ou na mala, assim que encontrasse seu assento e pudesse, então, se ocupar de guardar a bagagem.

Às vezes acontecia de encontrar o empreiteiro, que, ao entrar no avião, tocava nas paredes e em todas as outras partes do avião, batia nelas seguidas vezes para entender qual material havia sido utilizado.

E nunca faltava o metido, que não deixava de mandar transmitir conselhos ao piloto sobre a rota ou a velocidade a manter, ou mesmo sobre alguma técnica que aprendeu em algum curso de aeronáutica.

Eu transmitia confiança, lembrando-lhes que a equipe era perfeitamente treinada.

É comum encontrar com o malandro, que põe em risco a vida dos outros fumando no banheiro e jogando a bituca mal apagada na lixeira.

Nesses casos, eu aconselhava que pelo menos pusesse o cigarro embaixo de água corrente antes.

Percebi ainda que os fumantes mais experientes tinham técnicas mais elaboradas e colocavam um copinho plástico ou uma etiqueta adesiva sobre o detector de fumaça para que o alarme não soasse, e soltavam a fumaça direto no filtro de ar ao lado da pia.

Assim que o alarme tocava, apagavam apressados o cigarro e saíam do banheiro, deixando um cheiro inconfundível, mas jurando não terem fumado. Depois de encontrado o cigarro (sempre na lixeira do papel higiênico), empalideciam.

– É proibido fumar no avião! – eu sempre recordava a gravidade de um eventual incêndio.

O inoportuno não podia faltar. Muda de lugar sem avisar, obrigando todos os outros a fazer o mesmo, já que suas poltronas estão ocupadas, e obrigando uma terrível busca de assentos livres.

O insolente não obtinha minha compreensão. Aquele que não quer ceder seu assento por nenhum motivo, nem mesmo para facilitar a vida de uma mãe distante dos filhos, ou de dois apaixonados em lua de mel. Reclama até mesmo se houver problemas técnicos de equilíbrio.

Sejam mais compreensivos, por favor.

Às vezes acontecia de me confundirem com uma babá, entregando-me o filho para ir ao banheiro, sem se importar com os gritos ou com a camisa engomada que levava um eventual vomitinho da criança.

Até que voltasse o pai ou mãe, a criança fazia de tudo para se soltar, com socos e pontapés, nervosa com a distância da única pessoa que conhecia, em um ambiente absolutamente desconhecido.

As refeições infantis são perigosíssimas. Para evitar que polpas ou resíduos de comida fiquem nas poltronas ou no chão, e para dar uma ajuda ao passageiro sentado ao lado, que corria o risco de ver o casaco ou a camisa limpinhos cobertos de comida, eu levava a bandeja embora o quanto antes.

Além disso, era sempre necessário indicar às mamães que usassem os saquinhos plásticos para jogar fora as fraldas usadas, aconselhando-lhes que evitassem entregar aquele pacotinho pouco agradável às aeromoças enquanto elas serviam o lanche.

Eu pedia que não colocassem as fraldas no vaso porque eles entopem, obrigando o fechamento imediato do banheiro e intervenção técnica em terra.

Melhor jogar na lixeira do banheiro.

Insuportáveis aqueles que tentavam chamar a atenção falando alto, falando no celular.

Minha sugestão é que não usem o telefone de modo inoportuno, e sejam sucintos, evitando falar em voz alta de assuntos pessoais e de ações a serem tomadas. É melhor também não gritar com a secretária.

Ninguém se importa com o nome e sobrenome de pessoas influentes que você conhece.

E, no meio-tempo, eu também começava a olhar para minhas colegas, tomando conhecimento de que existe aquilo que eu chamo de "as nossas fixações":

Nossa vida é de movimento. A mala sempre pronta, hotéis em que nos sentimos em casa, contatos sociais contínuos, troca de tripulação, boas trocas de opinião sobre visuais diferentes e frequentes turnos de "terapia de fundo de cabine", onde somos cura e medicina, sabemos ser remédio e refúgio.

Para nós, os armários são sempre de quatro estações, nunca fazemos a mudança das roupas de frio e de calor porque é conveniente sempre ter tudo à mão.

A vida que levamos é um privilégio, pois podemos abrir nossa mente ao olhar o mundo de perto. E por "mundo", não quero dizer apenas o *Empire State Building* ou o porto de Boston, ou um safári em Joanesburgo, ou o Buda deitado de *Wat Po*. Quero dizer sobretudo as experiências de uma gama imensa de pessoas com quem nos encontramos cotidianamente. Esse confronto desfaz preconceitos, ilumina a mente, nutre nosso intelecto com experiências sensoriais diretas.

Somos um povo um pouco doido, fora do comum, e exatamente porque não ficamos no aconchego de nossas casas e com todos os confortos ao alcance, todos nós desenvolvemos algumas fixações.

Uma atenção redobrada à limpeza e ao higiene se deve pelo contato mais frequente com outras pessoas do que em outras profissões, pela possibilidade de doenças transmissíveis no ambiente restrito, pelas viagens a países diversos com fusos horários e climas completamente diversos, pela possibilidade de difundir vírus e bactérias a que não somos normalmente expostos (vejam a gripe aviária na Tailândia, a vaca louca na Inglaterra, a febre amarela ou malária na África, a radiação no Japão, entre outros).

Passamos do clima equatorial, quente e úmido, para o tropical com estações alternadas entre quente e seco e quente e úmido, para o semiárido ou desértico, com frio seco, poucas chuvas e temperaturas elevadas de dia e noites muito mais frias, até o clima rígido e frio dos países nórdicos.

Todo ano, são feitos exames médicos minuciosos para verificar nossas condições físicas e obter o atestado médico de aptidão para voar.

Ao chegar no hotel, sempre há quem examine a limpeza dos lençóis, desfazendo a cama para verificar se há alguma surpresa desagradável, como insetos ou manchas de providência duvidosa.

Há quem abra todas as gavetas, quem não use as toalhas do hotel com medo dos micro-organismos que possam causar doenças de pele, quem nunca ande descalço (é um drama tomar banho quando a pessoa se esquece dos chinelos). Há quem evite usar os banheiros do avião, pois são muito usados por estranhos, mas também quem se sinta confortável neles, dada a familiaridade com o ambiente. Há quem use luvas para não precisar tocar nas bandejas ou copos de plástico usados, pois podem conter germes, quem evite verduras cruas e gelo, quem use bactericidas para se lavar, quem abuse do desodorante, e há até um comandante que carrega um desinfetante para limpar ele mesmo a cabine, além da feita pelo serviço em terra.

Entre os diversos comportamentos da tripulação, encontrei estes mais frequentes:

— Quem está apaixonado ou tem filhos pequenos fica muito tempo no telefone, mesmo em chamadas intercontinentais. Há vontade de estar perto, mas também certo sentimento de culpa que os fazem deixar de ir jantar ou dar um passeio.

— Quem gosta de esportes sempre carrega uma muda de roupas para correr onde quer que seja, ou vai à academia mais próxima do hotel.

— Quem se preocupa muito com o meio ambiente reduz ao máximo o consumo de copos e papel higiênico.

— Há quem guarde as tampinhas de garrafas para dar a causas sociais.

— Há quem guarde os mini-shampoos do hotel, as canetas ou os fósforos no quarto.

– Há quem não se sinta à vontade sem personalizar, mesmo que um pouco, o uniforme designado igualmente a todos.

– Há quem não abra mão da máquina de café portátil, para ajudar a acordar de manhã cedo.

Ao fim do voo, as aeromoças preferem ficar sentadas, e os pilotos em pé.

E assim nos tornamos uma grande família, com os mesmos hábitos e modos, que compreende e vive de maneira diferente aos demais, que alterna quatro horas de praia com quatro horas de voo, a despressurização da cabine ao fim da rota, as aterrissagens e decolagens; uma família que carrega na bagagem o chinelo e o protetor solar para a ida e um casaco para a volta; uma família que pode se ver presa em Istambul durante um golpe de estado, ou na *Promenade des Anglais* em Nice durante um atentado terrorista, ou no aeroporto de Istambul logo depois que explodiu uma bomba. Nós somos aqueles que tentamos nos sentir em casa em qualquer lugar, que estamos habituados a sorrir até quando estamos tristes, que não caímos no sono nem mesmo quando ele nos perturba ao máximo, como se tivéssemos uma bateria recarregável na coluna, como bonecas de criança; somos aqueles que comem com pressa em um canto do aeroporto e que fazem xixi de pé em banheiros que não são nossos. E, apesar do tempo, do cansaço, dos ritmos alucinantes, das muitas batalhas e incertezas, todos nós tivemos, pelo menos uma vez, a sorte de ganhar um abraço, um lenço em um momento de necessidade, um sorriso de compreensão de um colega, acompanhado de um tapinha nas costas, naquele não lugar que pode ser em qualquer lugar: Rio, Chicago ou Beijing, não sabemos mais nem onde foi, mas aquele cumprimento ao fim do voo, quando nos despedimos e nos abraçamos com força, conscientes de que passarão anos sem nos vermos, mas não nos esqueceremos nunca.

População a bordo

A bordo dos aviões, entre os voantes, a população é bastante heterogênea, mas há diversas pessoas que seguem tipos reconhecíveis, que eu subdividi desta maneira:

Os antigos: trabalham há tempo na companhia e têm muita experiência.

Os sazonais: são os que começaram a voar há pouco.

Os sazonais maduros: são os que, apesar dos anos de experiência, têm contratos por tempo determinado.

E por fim as mamães, uma posição particular e privilegiada reservada às mães, que têm direito a licença do trabalho desde o começo da gestação, após a confirmação da gravidez, até o primeiro ano da vida da criança.

A radiação do voo, o transporte de malas e a constante movimentação entre um avião e outro, entre um hotel e outro, pode causar danos ao feto.

As companhias aéreas, além disso, oferecem a possibilidade de, em respeito à lei, não trabalhar à noite até que a criança tenha completado três anos.

No passado, concedia-se esse benefício ao cônjuge separado que fosse o único responsável pelo filho, até que completasse 12 anos. Essa norma já não vale mais.

Eles foram chamados de voos diurnos, nos quais o dia de trabalho de uma aeromoça em serviço acaba à noite, e elas têm a possibilidade de voltar para casa cotidianamente.

Nesses casos, as mães que trabalham, e em algumas circunstâncias o pai também, podem acompanhar o filho nos primeiros anos.

Os dias de folga e as horas de voo ficam muito reduzidos, dorme-se em casa todas as noites, e quem quiser pode prolongar o período de amamentação.

Durante os "voos das mamães", sempre há trocas de fotos dos filhos, e as conversas sempre acabam em papinha e fralda. Toda criança a bordo é tratada com ternura, preocupação e uma pontinha de melancolia.

Quando a criança chega aos três anos de idade, a mãe deve voltar à rotina normal de voo, o que geralmente impõe três, quatro ou até cinco dias fora de casa.

E fica cada vez mais difícil organizar-se mês a mês, encontrar um equilíbrio. É normal estar ausente em momentos especiais, como o natal, o aniversário ou a primeira peça da escola.

É duro manter a família de pé, é complicado estar sempre aparecendo e desaparecendo por dias seguidos.

Algumas mães conseguem voltar ao mundo do trabalho sem maiores problemas, algumas são felizes e não se sentem culpadas, conseguem retomar sua vida pessoal anterior que, com uma vida constrita à casa, cuidando dos filhos e do marido, haviam sido obrigadas a colocar de lado.

Algumas colegas dizem que não veem a hora de voltar a trabalhar, para poder dormir sozinha em um quarto de hotel.

A babá acaba se tornando uma necessidade, e os avós um bem inestimável.

Conheci Elisa, uma aeromoça que tinha uma família linda. Dois meninos, um de seis anos e outro de três meses, e um marido amado e apaixonado por ela, que também trabalhava no ramo. Estávamos juntas em um voo para Mumbai, que já foi uma vila de pescadores e hoje é uma das cidades mais populosas do mundo. É um de meus lugares favoritos, uma grande mistura de etnias, culturas e religiões diferentes, com uma união que se exprime na língua, nas tradições, na arte e na gastronomia.

Durante nossa estadia, demos uma volta a pé pela cidade, e adorávamos o artesanato indiano, com os objetos exóticos, as pedras preciosas e semipreciosas, joias de ouro e de prata, tapetes de lã e de seda, tecidos preciosos, objetos de madeira, couro e cerâmica.

Encontramos com Popli, um joalheiro na *Battery Street* que sempre nos mostrava sorridente seus objetos de prata e pedras preciosas. Convidou-nos até mesmo para visitar sua casa, junto com toda a tripulação, para jantar com a família em grande estilo indiano.

Elisa havia acabado de sair do período de voos diurnos, depois de o filho ter completado três anos, e voltou a trabalhar muito. Contou-me que esteve há pouco em Nova

Delhi e descobriu que, no bairro de Dwarka, está estacionado um velho Airbus A300 com uma asa e a traseira destruídas. Nunca decola, mas se vendem bilhetes de 150 rúpias para fazer uma viagem imaginária: dão a possibilidade de sentir a emoção de viajar em um voo virtual àqueles que não têm condições de comprar um bilhete aéreo, com uma aeromoça uniformizada que cumprimenta os passageiros e os ajuda a colocar a bagagem no compartimento superior e afivelar o cinto enquanto o comandante lhes dá as boas-vindas de dentro da cabine de comando. Eles conseguem entrar na fantasia com a ajuda dos aviões que fazem barulho ao decolar não muito distante dali, e o capitão adverte pelo alto-falante que vão atravessar uma pequena zona de turbulência.

Na cabine, tudo acontece como em um voo real, e as aeromoças passam com o carrinho de bebida.

Elisa também me falou de sua vida privada, e me contou que, como os avós vivem em cidades distantes, ela e o marido decidiram contratar uma babá, que precisavam mudar de tempos em tempos, devido a vários problemas que iam aparecendo.

Não era fácil encontrar alguém, inicialmente um estranho, que pudesse cuidar dos filhos por tantos dias consecutivos de maneira adequada, com paciência, escrúpulos e sensibilidade.

Para poder ajudá-la com mais frequência, os pais conseguiram dias alternados de trabalho, portanto, quando a mãe estava trabalhando, o pai ficava em casa e vice-versa.

As crianças não dispunham, no entanto, da presença de ambos os pais, e o relacionamento do casal também sofreu com a distância constante.

Elisa tentou pedir no RH que a colocassem nos voos diurnos, ou pelo menos que a alocassem em voos mais breves, de no máximo dois dias, mas não teve sucesso.

As crianças precisavam da presença da mãe.

Para evitar longos períodos longe de casa, porque achava que os filhos ainda eram muito pequenos e porque não conseguia manter a família com tranquilidade, achou que a solução seria pedir para reduzir o horário e assinar um contrato de meio-período, o que lhe possibilitava trabalhar um máximo de seis meses por ano ou requerer uma ou duas semanas por mês de folga.

Assim, Elisa reencontrou a harmonia da família.

Pílulas de sabedoria

O fuso horário

O jornal anuncia que a partir de amanhã o fuso horário vai mudar, e começará o horário de verão.

Explicam que todos os italianos vão sentir isso e que precisaremos de pelo menos três dias para nos acostumar, com consequências sobre o humor e a disposição.

Os sintomas mais comuns são cansaço, dificuldade de dormir e falta de apetite.

Por sorte eu estou fora disso, ou talvez dentro demais.

Amanhã vou acordar em Sofia, na Bulgária, às 03h30min da manhã, e chego na Itália às 09h15min.

Tento diminuir o efeito do fuso todos os dias, sortudos são os que só precisam lidar com ele duas vezes por ano. Algumas noites no avião são tão longas quanto a Sibéria infinita, onde frequentemente faz frio até quando tem sol, mas por sorte tenho as confidências dos colegas para me manter acordada. Muitos não sabem que nós visitamos, vivemos e descobrimos o mundo uma hora por vez, um pedacinho por vez, às vezes dando uma grande mordida dele na volta, com o cansaço e o fuso horário.

Para minimizar o impacto do jet lag, tento dormir bem na noite anterior ao voo e não ficar acordada até tarde, acostumando-me o mais rápido possível com o horário local nos casos de estadas mais longas, e tentando regular o ritmo circadiano ao local aonde vou desde o avião, se não antes. Durante o voo, não como demais para não inchar o estômago, além de evitar as bebidas alcoólicas porque, além de eu ser proibida de beber, provocam desidratação e mal-estar.

Se chego no meio da manhã (hora local), tento ficar acordada durante todo o dia, e vou dormir em horário adequado, pois quanto antes se consegue seguir a hora local, mais rapidamente se sente bem.

Os efeitos do *jet lag* geralmente são mais rápidos se viajamos em direção oeste, e mais lentos se leste.

Uma curiosidade: ao norte da Suécia, na Lapônia, durante o verão, o sol brilha à meia noite e, durante três meses, a luz é contínua.

O sol nunca se põe e brilha ininterruptamente, é sempre necessário ver o relógio para saber que horas são. É como estar em um universo paralelo, uma sensação surreal.

Ao contrário, durante os meses de inverno, o sol não aparece na Lapônia inteira e, durante o dia, há apenas poucas horas de luz no céu escuro, o que permite ver a aurora boreal, uma das vistas mais encantadoras e espetaculares do planeta. Outra coisa a que todos que voam devem prestar atenção é nos sintomas de dores de ouvido, o que pode minimizar consequências desagradáveis durante o voo.

Se estiver resfriado, deve-se pedir conselho a um médico para se certificar de que pode enfrentar um voo, assegurando-se de que não há infecção ativa nos ouvidos. Caso haja, existem remédios para reduzir as secreções nasais. Pode ser útil também mexer a mandíbula, tentando expelir o ar dos ouvidos como se fosse bocejar, ou então engolir, mastigar ou beber algo.

Felizmente, sempre há *kits* de primeiros socorros a bordo, e o comandante não tem autorização de decolar sem eles.

Ao contrário de muitos passageiros, eu não tenho medo das chamadas bolsas de ar, pois tecnicamente elas não existem. Essa sensação desagradável é provocada por correntes de ar que sobem e descem e duram poucos segundos. As turbulências no voo não apresentam nenhum problema para a navegação, fazem apenas o avião tremer, mas ele logo retoma sua estabilidade. No entanto, é importante sempre manter o cinto afivelado, a fim de evitar eventuais lesões. A estrutura do avião aguenta turbulências violentas sem nenhum dano estrutural, e a flexibilidade da asa é tão grande, que pode flexionar até 50 graus para cima ou para baixo sem quebrar.

De acordo com as estatísticas oficiais, cerca de 53% dos italianos não gostam de voar. É uma espécie de fobia que atinge todas as faixas etárias, até mesmo aqueles que deveriam ser mais familiarizados com o mundo da aeronáutica, como os jovens e os viajantes frequentes.

O medo, nem sempre consciente, também se relaciona com o sentimento de não ser mais considerado uma pessoa com individualidade, mas um simples passageiro, igual a todos os outros. Há quem tema se machucar ou que o voo possa ser objeto de algum atentado.

Até mesmo o barulho provocado pela retração do trem de pouso e o fechamento do compartimento causa medo.

O medo de voar se manifesta com um enrijecimento do passageiro sobre a poltrona, mau humor, acessos de frio e de calor súbitos.

Nesses casos, o acolhimento, a seriedade e a imagem dos comissários são um fator importante para tranquilizá-los, pois transmitem ordem, normalidade e profissionalismo.

Deve haver uma música ambiente na hora do embarque, com a intenção de deixar o momento mais acolhedor e agradável, dando aos passageiros uma sensação gostosa que, mesmo inconscientemente, ajuda a inspirar emoções positivas a respeito do voo. A trilha sonora baseia-se em uma pesquisa cuidadosa de faixas musicais que agradem a todos, criando uma atmosfera confortável.

Acidentes de percurso

Muito tempo passou antes que minha ferida se curasse.

Um dia, tive um encontro casual com um homem no aeroporto de Roma.

Era gostoso estar com ele, pois ele era simpático.

Vestia jeans descoloridos, uma camisa *vintage*, cinto de caubói, um casaco com capuz e tênis. Ele estava indo encontrar com um primo, eu estava de uniforme prestes a partir para Praga.

Ele era um pouco baixinho, tinha as mãos e os pés pequenos; era um conhecido de longa data, com quem me encontrei brevemente em algumas ocasiões.

Já acostumada ao entediante terno e gravata, achei aquela roupa excêntrica.

Assim que me viu, chegou em mim e me cumprimentou com um grande sorriso:

— Oi! Quanto tempo faz que não nos vemos, deve fazer uns dois anos desde a última vez!

— Oi, que coincidência encontrar você aqui!

— Da última vez que nos vimos você parecia tensa e insegura, agora está mais serena e bonita!

— Eu lembro que nos encontramos na piscina em um hotel na Grécia, nos conhecemos no voo e trocamos algumas confidências durante a janta.

— Falamos de sogras invasivas!

— Fiquei muito à vontade com você e imagino que tenha sido uma tortura ouvir minhas lamentações.

— Tínhamos o mesmo problema eu e você.

— Tudo bem?

— Sim, tudo ok!

— Preciso ir, espero ver você de novo.

Sequer me lembro do nome dele, mas aquela sensação agradável de revê-lo, de me sentir bem com ele, aquilo eu lembrava.

Encontramo-nos de novo em Roma alguns dias mais tarde, na frente de uma loja de aparelhos musicais fechadas para as férias.

Ele me cumprimentou colocando lentamente sua mão direita em meu quadril esquerdo, me acariciando delicadamente e, por pelo menos três segundos de perder o fôlego, me beijou dos dois lados e me disse:

— Oi, minha querida.

Quando a mão dele soltou meu quadril, senti vontade de encontrá-lo de novo em algum outro lugar e cumprimentá-lo mais uma vez.

Sentimos uma energia que nos tomou de repente.

Ele pediu meu número de telefone e deu o dele.

Não podíamos não nos ver mais.

Ele me convidou para sair, e eu aceitei de bom grado, depois de verificar com cuidado os dias de folga que eu tinha na minha escala.

No encontro, nos sentimos em perfeita sintonia desde o início, como se nos conhecêssemos há muito tempo. A conversa foi agradável e durou a noite inteira.

Percebi que nossas mãos tendiam a se aproximar delicadamente, como se pedissem por mais contato.

Ao fim da noite, acho que nosso desejo levou as rodas do destino a nos fazer chupar o mesmo cubo de gelo de um *drink* tão atraente quanto aqueles lábios dele, que eu toquei de leve.

Não entendo como ele conseguiu ganhar meu coração tão rapidamente e me fazer baixar a guarda, que estava sempre forte nos últimos anos.

O vinho branco com certeza ajudou.

Nos dias seguintes, entre um voo e outro, eu sentia o prazer inebriante de dar uma volta de moto, de fazer um passeio pelas ruas do centro de Roma, de assistir ao entardecer à beira-mar enquanto o sol se afundava nos olhos dele, de assistir a um filme que eu não conseguia acompanhar porque a presença dele me distraía, de uma janta impossível de terminar porque as palavras dele me enfeitiçavam, de um tremor e um coração acelerado que eu precisava esconder quando ele estava a meu lado. Tudo isso me fez sorrir de novo.

Ainda antes de encontrar com ele, só de pensar nele ou escutar a sua voz, eu sentia minha boca formar um sorriso, e uma alegria tomava conta de mim.

Ao fechar os olhos e pensar naqueles lábios carnudos, me vinha em mente um grande damasco fresco e suculento com um gosto de que eu nunca me cansava. Se eu pensava em seus olhos, conseguia nadar naquela água azul e cristalina, transparente e profunda em que eu mergulhava, com a esperança de conseguir voltar e não me afogar. A pele dele era clara, os cabelos raspados, a barba bem cuidada, o nariz era pronunciado, e tinha uma pinta embaixo do umbigo.

Escutá-lo me fascinava, e sua voz me encantava.

Ele vinha do sul, mas cresceu em Roma.

Era um homem inteligente e criativo, incansável e cheio de vida, irônico e divertido, brilhante e nunca frívolo.

Era muito visível que ele queria aproveitar todas as alegrias da vida: era um boêmio, amante de bons vinhos e admirador das mulheres.

Era instintivo, seguro de si e ambicioso. Seu otimismo e autoconfiança deixavam-no corajoso, e essa era sua força.

Ele tinha um porte atlético e um físico bem desenhado. Trabalhava com muita perseverança e sacrifício seus músculos ágeis e protuberante. Gostava de boxe.

Duro porém doce, como uma rapadura.

Um homem com quem eu estava bem em todas as ocasiões, que conseguia transformar tudo em uma pequena aventura.

Eu gostava de vê-lo, de escutá-lo, de abraçá-lo. Ele me fazia rir, tudo o que ele fazia e dizia me instigava.

Eu jamais imaginei encontrar alguém que fizesse eu me sentir tão bem.

Ele era um *gentleman*, e sabia ser muito sedutor. Sempre me trazia buquês de rosas, abria a porta do carro e carregava minha bolsa. Ajoelhava-se para me convidar para jantar, tocava violão para mim, aparecia com reservas para viagens surpresa, me oferecia a jaqueta se eu ficasse com frio, me enchia de elogios, conhecia minhas preferências.

Logo antes do natal, fomos passar alguns dias em Barbados. As ondas estavam tão violentas que ele teve dificuldade de surfar, embora se dissesse um surfista experiente.

Eu estava pronta para entrar em uma nova relação, para encontrar nele um amigo, um confidente, um companheiro com quem dividir minha vida e reencontrar aquele sorriso que se havia apagado.

Ele era quase perfeito. Quase.

Não existe perfeição.

Na vila de pescadores de Oistin, diante de um prato de peixe com molho picante, um prato caribenho típico, confessou, depois de um mergulho no mar, que tinha uma mulher e uma filha.

Falou de uma crise que durava há anos, da insatisfação com o casamento que queria terminar, de uma ligação física e emocional que já não existia.

Eu só escutava, odiando as palavras que saíam daqueles lábios que eu amava.

Detestava aquela atração que sentia por ele.

Desprezava aquela adrenalina que corria pelo meu corpo e aquela endorfina que meu cérebro liberava ainda antes de encontrá-lo.

Depois da confissão, chegou perto de mim e, assim que nossos lábios se tocaram, fui tomada por sentimentos conflitantes.

Um jogo perigoso: aquele homem, que ainda não se havia separado, traía a esposa comigo.

Aquele beijo estava cheio de paixão e de raiva. Eu tinha uma sensação estranha, era como se eu fosse ao mesmo tempo a mulher traída e vencida, com quem me identificava por causa da experiência passada, e a amante escolhida. Um misto de dor e satisfação fazia daquele beijo tão apaixonado, envolto de crueldade, vingança, resignação, prazer e olvido. Eu parecia estar sendo guiada por um desejo inconsciente e impulsivo, não tinha mais livre-arbítrio.

Eu assumia aquele papel maldito por inteira.

O destino quis que eu invertesse os papéis para também viver o outro lado dessa história.

Não consegui parar de vê-lo, mesmo que a cada vez que nos encontrássemos eu dizia que era a última.

Encontrá-lo me enchia de alegria, entusiasmo e força.

O amor é um sentimento muito atraente, e eu sentia tanto desejo por ele, não conseguia deixá-lo, não podia!

A verdade é que eu amava estar apaixonada.

Eu tinha esse direito.

A cada vez que nos encontrávamos, eu me via envolvida por um instinto que me cegava, que me fazia sorrir.

Era como andar de montanha russa. Era como correr na chuva sem sombrinha.

Sempre que o via, sentia mais vontade de abraçá-lo do que de resistir a ele.

Um homem casado jurava, talvez falsamente, que estava apaixonado por mim, que tinha problemas com a esposa e que era fiel a mim.

Uma mudança imprevista de papéis.

Eu quase acreditava nele, pois não conseguia resistir a ele. Aquele ar de cafajeste me conquistava.

Eu amava escutá-lo, mas no fundo o odiava e odiava a mim mesma.

Meu projeto era viver a vida que sempre sonhei, mas os acidentes de percurso sempre apareciam.

De mulher traída, acabei na situação que condenei com tanta veemência: amante de um homem casado.

Os sonhos frequentemente se despedaçam.

Mas o tempo passou, e aquele presente se tornou passado.

Era fim do ano e decidi passar um réveillon inesquecível na Argentina.

Em Buenos Aires, cometi todos os erros possíveis.

Na mala:

- Um par de botas brancas com solas impermeáveis.

- *Collant* de lã.

- Sobretudo de algodão.

- Suéter de gola alta.

- Jaqueta corta-vento.

- Touca e luvas.

Eu tinha dois dias de folga previstos em dezembro e não podia deixar faltar um vestidinho de sair que comprei em um *outlet* em Nova York, que deve ser mais frequentado por meus colegas do que pelos moradores da cidade.

Já estava fechando a mala quando me dei conta de que ia esquecendo a malinha com a maquiagem.

Tudo pronto, e ainda tinha espaço para as eventuais – porém certas – comprinhas. Eu mal via a hora de experimentar um hidratante novo para o rosto que comprei na *Pharmacity*.

Eu estava muito emocionada, pois ia passar o fim de ano com Davide. Pensamos até em voar juntos, usando o bilhete com desconto a que as aeromoças têm direito para trazer um acompanhante consigo.

Davide disse que havia pedido o divórcio oficialmente e me contou de todos os detalhes sobre os procedimentos judiciais.

Eu ia comemorar com ele a noite inteira, e sairíamos para dançar em uma boate em uma das regiões mais lindas da cidade, o Palermo.

Eu sentia água na boca só de pensar nos jantares argentinos com carne de primeira e nos passeios pela Calle Florida, cheia de lojas.

Em 20 minutos, eu já estava no aeroporto.

Todos a bordo, embarque completo, partimos.

O tempo de voo para a Argentina parecia interminável. Depois de 14 horas, conheci muitos dos passageiros, e algumas belas amizades até poderiam nascer dessas conversas.

Meu conhecimento do espanhol, cheio de erros, ia ficando mais fluido à medida que eu tomava coragem e ousava usar as novas palavras que aprendi durante a conversa.

Foi naquele voo que conheci Estella Perez, quando ela me pediu ajuda para se levantar de seu assento. Estella tinha cerca de 50 anos e uma extraordinária beleza interior envolta por uma grande dor. Ainda não se havia habituado a sua nova condição e não estava pronta para as mudanças radicais impostas. Só conseguia ver luzes e sombras. Ficou cega tardiamente, de maneira súbita e irreversível.

Estava envolta por uma nuvem opaca, mas afinando os outros sentidos, para compensar a falta de visão.

Prometi que faria qualquer coisa que ela quisesse para ajudar, e ela me fez um pedido estranho.

Queria encostar em meu rosto para poder me ver, pois com o tato conseguia ver a realidade.

Em suas palavras, eu percebia uma amargura reprimida contra um destino cruel e um desconforto velado com a perda irreversível de um dom precioso.

Apoiando as mãos sobre minhas faces, tirou os óculos escuros e perguntou como estavam seus olhos. Ficou feliz ao ouvir que tinha um olhar natural e que não se percebia nenhuma anomalia.

Dei-me conta de que eu era uma mulher muito sortuda.

Ao aterrissar, cumprimentei Estella e todos os outros passageiros que acompanhei durante o voo, mas não via a hora de chegar ao hotel para descansar e me preparar para o ano novo, que seria inesquecível.

Tomei um banho e fui dormir por algumas horas, depois de arrumar as roupas no armário para evitar que elas se abarrotassem.

Cesare, um colega de trabalho, também estava muito cansado.

Naquela noite, iria ao quarto do segundo andar do hotel onde a tripulação de todas as companhias aéreas ficavam para participar de uma festinha que acontecia de vez em quando.

Antes, decidiu tomar um banho quente de banheira, mas acabou cochilando e esqueceu de fechar a torneira. Em pouco tempo, a água saiu por debaixo da porta do quarto, o que chamou a atenção da camareira, que entrou e encontrou um corpo imóvel.

Desesperada e pensando que ele estava morto, chamou a segurança, que entrou em contato com o comandante e a tripulação da tragédia.

Fomos correndo até o quarto e ficamos todos diante dele, um corpo inerte, estático, completamente pelado.

Naquele instante, Cesare abriu os olhos e, cobrindo-se como pôde, olhou incrédulo e perturbado para nossas expressões estupefatas.

Foi um alarme falso, nada mais do que um erro bobo.

Acabamos retornando aos quartos.

Pus o relógio para despertar às 21 horas, pois a janta estava prevista para as 23 e, à meia-noite, champagne!

Eu precisava de bastante repouso, pois sentia meus ossos moídos e a coluna dolorida. Eu precisava me alongar na cama.

Ao ouvir o despertador, fiquei com vontade de alongar a soneca por mais 10 minutos, pois eu ainda estava no fuso horário da Itália.

Davide concordou comigo. Ele também não conseguia se levantar. Estávamos muito cansados, e aqueles poucos minutos a mais eram necessários. Naquela situação, aquela cama com lençóis fresquinhos era muito mais atraente que uma noite em um bar.

Quando abri os olhos, pensei que tinha dormido 20 minutos, mas me dei conta de que já era de manhã. Fiquei arrasada por não ter podido festejar a noite anterior.

Nem os fogos de artifício nos acordaram.

Estava muito, muito quente.

Era o auge do verão em Buenos Aires naquele primeiro de janeiro. A temperatura superava os 30 graus. Foi então que percebi o meu erro ao fazer a mala, pois esqueci de ver a previsão do tempo e havia levado roupas adequadas para a Itália.

Fui até uma rua cheia de lojas encapotada com minhas roupas de pelúcia sintética. A jaqueta térmica com manga comprida logo seria substituída por uma blusinha leve.

Mas só depois de chegar à rua principal fui me dar conta de que todas as lojas estavam fechadas e as ruas desertas.

Nem sinal dos dançarinos de tango e dos gaiteiros.

Em primeiro de janeiro, todos estavam em Mar Del Plata.

Pegamos um barco no porto em frente ao hotel e descobrimos os fascínios do Uruguai, o país da tranquilidade, um oásis de paz nas planícies dizimadas dos pampas.

Um voo inesquecível

Carrinho não extensível
Airbus A321 – Voo Roma-Milão Linate
Decolagem às 07h30min e chegada prevista para 08h30min.

Eu estava em casa, de sobreaviso, das 5 da manhã às 5 da tarde.

Fui dormir na noite anterior depois de ligar para o escritório e garantir que tudo estava certo e que, até aquele momento, nenhum voo estivesse descoberto, como costumamos dizer.

– Durma bem, não se preocupe – me responderam com gentileza.

Para ter certeza, pedi para a babá dormir na minha casa.

Terminei de ver o filme que passava na televisão.

O barulho do telefone tocando às 05h10min da manhã foi um banho de água fria, parecia uma punição injusta, como se alguém me tivesse arrancado aquele travesseiro macio em que eu confiava agradáveis sonhos.

– Voo AM 2113 de 17 de maio, hora de embarque 07h10min. Você chegará em Linate e pegará um voo Linate-Roma, depois Roma-Tel Aviv e Tel Aviv-Roma. Você deve estar disponível em 40 minutos. Bom trabalho e desculpe pelo horário!

"Certo" foi a única coisa que consegui responder antes de colocar o telefone de volta no gancho.

Eu precisava muito de café, mesmo que metade dele tenha caído da xícara e derramado sobre a cômoda.

Fui me preparar com pressa.

– Linate... embarque às 07h10min... mas onde coloquei o corretivo??

Já estava pensando em comprar um novo no *duty free* de Tel Aviv, onde existem todos os tipos de cremes diferentes. Compraria também sais do Mar Morto, pois era impossível resistir aos seus benefícios. Já sabia que a grande dificuldade seriam as refeições especiais, pois quase todos naquele voo as pediam. É possível pedir refeições especiais tanto no *check-in* quanto na reserva da passagem, para atender a exigências pessoais de cunho religioso, de saúde ou simplesmente de gosto.

A particularidade da comida *kosher* é a ausência de levedura, de acordo com a mais antiga tradição judaica. A origem dessas tradições remonta à fuga do povo hebreu do Egito, tão apressada que sequer teve tempo de esperar o pão crescer.

O selo do rabinado é colado em cada prato, o que assegura a aderência às normas específicas de preparo segundo os mais estritos ditames da tradição judaica.

Ao chegar no aeroporto, tomo outro café no bar, junto ao piloto. Ambos estávamos precisando. Percebi que os passageiros estavam todos despertos, já na fila de embarque, com terno, gravata, perfume, mala, prontos para chegar pontualmente aos compromissos matinais.

Os assistentes de voo prepararam as escotilhas, inserindo uma tira que prende a barra às rampas de emergência. Isso fica armado durante toda a duração do voo em caso de emergência. Quando necessário, se inflam em poucos segundos e permitem a rápida evacuação. Também podem ser usados como botes salva-vidas.

O voo transcorria normal, e eu tive a terrível ideia de tomar mais um café.

Quando estávamos próximos a aterrissar em Linate, e quando todos já achavam que o avião estava prestes a tocar o solo, de repente e com muito barulho, os motores voltaram à potência máxima e o comandante decidiu subir novamente e retomar altitude.

O dia estava bonito e ensolarado, então eu não fui a única a me perguntar o que estava acontecendo.

Eu não via outros aviões. Estava sentada na poltrona 30F, ao fundo do avião, e não ouvia nenhum barulho estranho.

Foi muito confortante o anúncio do comandante, ninguém percebeu preocupação em sua voz.

– Aqui é o comandante. Desculpem o incômodo, mas um pequeno inconveniente vai nos obrigar a retomar altitude.

Depois de sobrevoar o aeroporto por alguns minutos, começaram os procedimentos para uma nova aterrissagem.

Logo antes de tocarmos o chão, mais uma vez retomamos altitude.

Parecia que a aterrissagem estava difícil.

Todos estavam mudos.

Ressoou de novo a voz do comandante:

— Sinto informar que, devido a problemas técnicos no aeroporto de destino, seremos obrigados a aterrissar no aeroporto de Malpensa, de onde os senhores serão transportados até Linate em um ônibus que nos aguarda. Peço desculpas novamente pelo contratempo.

Parecia que a voz do comandante tremia.

Tudo bem, estávamos muito atrasados, mas mais tranquilos.

Um colega de voo olhou fixamente nos meus olhos e sussurrou algo que eu nunca queria ouvir.

— O TREM DE POUSO NÃO ESTÁ FUNCIONANDO.

— O quê???

— Você entendeu. Não me faça repetir.

— Tem certeza?

— Preferia que não.

Eu pensava que não, não era possível, isso não podia estar acontecendo. Que inveja dos outros, que não sabiam o que estava acontecendo.

— O trem de pouso não está funcionando?? — eu perguntei sem fazer barulho, apenas movendo os lábios para que ninguém me ouvisse.

— Sim, o painel está avisando que não está funcionando e por isso não desce. Estamos indo para o Malpensa para fazer um pouso de emergência — sussurrou.

Eu repetia aquela pergunta na minha mente, sem conseguir aceitar a verdade.

Por que não fiquei em casa?

Qual é o sentido de estar neste avião sem um trem de pouso operante?

Eu tremia, suava frio, rezava.

Não estava pronta para morrer, nem nunca estarei.

Inspecionei as saídas de emergência mais próximas e, como já conheço bem seu funcionamento, me concentrei naquilo que eu poderia fazer para ajudar todos a saírem pela rampa.

Passavam pela minha cabeça coisas como:

"Desafivelem os cintos!"

"Deixem todos os pertences a bordo!"

"Por aqui!"

"Os pés primeiro, depois a cabeça!", caso saíssem pelas janelas.

Eu precisava usar palavras simples, comandos positivos e claros, mas necessários nesses momentos de pânico. Eu estava pronta para empurrar quem hesitasse e arrancar das mãos dos passageiros teimosos as malas que carregassem consigo, pois elas iriam danificar as rampas e impedir a saída dos demais.

Certifiquei-me de que a mãe ao meu lado tinha apertado bem o cinto do filho e sugeri que colocasse todas as bagagens no compartimento superior.

A aterrissagem era iminente. Tudo estava silencioso, calmo.

Mostrei uma posição de segurança que poderia proteger do impacto.

— Teremos de fazer isso? — ela me perguntou.

Na cabine de comando, fizeram uma última tentativa: abriram manualmente o trem de pouso, puxando uma alavanca que faria a escotilha abrir e cair o trem de pouso com a força da gravidade.

A aterrissagem sequer foi brusca. O avião se desligou logo que tocou o chão.

Ficamos parados na pista à espera de um reboque para nos levar ao portão.

Ninguém se deu conta de nada. Eu dei um sorriso para o passageiro indignado com o atraso para chegar ao congresso. Eu pensei, sem dizer nada, que esses são inconvenientes que só acontecem com os vivos. Aquele cara não tinha ideia de como fomos sortudos.

Devido ao grande atraso, perdi os voos seguintes e voltei para casa em outro avião.

Chegou o momento de dizer adeus ao café.

Consegui ir buscar meu filho na escola e levá-lo à aula de natação.

Dei de presente a ele uma matrioska tradicional de madeira que comprei na Praça Vermelha em Moscou no meu voo anterior. Contei a ele que vi o Mausoléu de Stalin no Kremlin e que provei caviar. No meio-tempo, liguei para Davide para contar sobre o ocorrido. Finalmente, deitei no sofá, fechei os olhos e me deixei levar pelos pensamentos. Como eu amo esses momentos!

Nada sério

Desde pequena, meu pai sempre me manteve em uma redoma de vidro, me protegeu de tudo e de todos, e a última palavra quem dava era ele.

Ele sequer me permitia externar opiniões que fossem diferentes das dele.

Ele devia me ensinar sua verdade, eu devia assimilá-la sem nenhuma mudança ou alternativa.

Não permitia que eu me comportasse mal, por isso eu não podia buscar minhas próprias respostas ou tomar iniciativas. Isso tudo servia para me proteger do mundo lá fora.

Tudo o que eu fazia precisava do aval prévio de meu pai.

Um bibelozinho moldado por ele, construído segundo suas expectativas.

Qualquer escorregão acordava sua fúria e, se eu fizesse qualquer coisa proibida, era severamente punida.

Ainda hoje não sei se o que mais doía eram as proibições, aquele olhar cruel ou o tom de voz autoritário e severo.

No mais, quase nunca nos falávamos, exceto os interrogatórios surpresa sobre a matéria escolar.

Havia um muro muito alto entre mim, a filha mulher, e ele, que não conseguia me tratar como igual a ponto de transpor aquela barreira que nos separava e que eu também não conseguia cruzar.

Tentei sempre ser quem ele queria que eu fosse, mas obviamente nunca o consegui.

Eu tinha dificuldade de obedecer às regras impostas, de me manter em equilíbrio e dar sentido às coisas; também era difícil ter um pensamento diferente dos outros e distanciar-me das opiniões absolutas que me foram incutidas ao longo da vida.

Eu ia descobrindo que o mundo nem sempre é tão organizado como eu queria acreditar que fosse. Há caminhos tormentosos e penosos.

O que é certo?

O que é errado?

Essas perguntas, cujas respostas eu já sabia por instinto, ficaram de repente mais complicadas.

A moralidade passou para o segundo plano.

Minha cabeça era um turbilhão de sentimentos, atrações e remorsos, muitas vezes conflitantes entre si.

Não era certo se abrir à possibilidade de um novo amor, para finalmente encontrar alguém que me compreendesse, que compartilhasse dos meus valores, que aceitasse minha forma de fazer as coisas e que me desse uma perspectiva mais otimista da vida?

Eram muitas as perguntas para as quais eu procurava uma resposta.

Eu não queria machucar ninguém, principalmente a mim mesma, e mesmo assim não conseguia aliviar aquele peso na consciência.

Apesar de todos os meus escrúpulos, apaixonei-me por um homem sem me importar com seu estado civil.

Intransigente, Dante Alighieri teria mandado minha alma, espancada com crueldade por uma terrível tempestade infinita e sem poder escolher a direção, no segundo círculo daquele imenso funil subterrâneo que descreve como o inferno. Ele era convencido de que o amor fora do domínio da razão leva à perdição, embora admitisse que aquilo lhe causasse dor.

Estaria na companhia de Paolo e Francesca, Ginevra e Lancillotto.

Minha paixão virou pecado, o sonho de felicidade tornou-se proibido.

Além disso, Davide não se mostrava digno da minha transgressão, pois não parecia honesto com seus sentimentos, vivia de mentira e deslealdade, e não parecia se importar com os inconvenientes advindos de manter aquela vida dupla: não podia ser livre, não podia sair sem se esconder.

Fui me perguntando se era mesmo verdade que ele estava se separando à medida que ia percebendo que as informações que ele me dava sobre datas, documentos e petições dos advogados eram conflitantes.

Aquilo estava me machucando muito.

Eu me perguntava, sempre hesitante e desastrada, se ele tinha a intenção de ficar comigo mesmo e sentia que aquela situação também era culpa minha. Além disso, Davide era perfeito quando se tratava de fazer eu me sentir amada e desejada.

Estava sempre me dando demonstrações de afeto, aparecia quando eu queria vê-lo, cozinhava para mim, me presenteava com coisas cheias de valor sentimental. Sempre me fazia confidências e me dizia que tinha medo de me perder, que era fiel a mim e que sempre me contava sobre tudo que acontecia em sua vida.

Era gostoso ver como ele se preocupava comigo, como sempre afastava minhas suspeitas com explicações meticulosas, sempre cheias de detalhes. Talvez detalhes demais.

Éramos dois jovenzinhos atraídos um pelo outro, com uma vontade sem fim de se encontrar e passar o máximo de tempo possível juntos.

Quando nos víamos, era como se tudo desaparecesse, como se todos os problemas ficassem do lado de fora.

Podia cair um temporal que nós não perceberíamos nada, porque o som das nossas risadas, das nossas canções, das nossas piadas era sempre mais forte que o barulho dos trovões.

Davide conseguia me puxar para outro mundo, divertido, cintilante, quase irreal. Ele me enchia de energia e me envolvia na sua constante busca de emoção.

Ele era capaz de desmanchar qualquer preocupação e me levar a uma utopia onde só nós éramos os protagonistas. Um circo imaginário onde eu era a trapezista que se jogava sem rede de proteção, sentindo a emoção de viver a vida ao máximo.

Eu guardava no coração cada momento que passava com ele, como um filme que nunca saía de mim.

Imagens, perfumes, expressões, breves imagens de seu rosto, peculiaridades da personalidade, confidências iam aparecendo sem parar, como um curta-metragem interior que voltava a tocar e tomava a minha atenção durante o dia.

No meu aniversário, levou-me a Fuerteventura, uma ilha linda nas Canárias próxima da costa africana, e me deu de presente um par de sapatos rosa que eu havia namorado na vitrine de uma loja. Lembro quando saímos correndo pelas Ramblas em Barcelona para pegar um ônibus, ou quando jantamos na *Plaza Mayor* em Madrid, ou daquele dia em Londres quando, no mercado de *Spitalfields*, compramos roupas em promoção.

Eu irradiava felicidade quando estava com ele.

Voo AM 1902 Roma-Las Vegas

Assim que entrou no avião, percebi que o passageiro do voo para Las Vegas não parecia bem. Estava muito debilitado, e Donatella, minha colega de voo, disse que aquela palidez e a pele amarela não eram bons sinais. Havíamos sido informadas pela esposa que ele sofria de um problema pulmonar, embora ele dissesse se sentir bem. Durante o voo, comeu e até pediu uma cerveja.

Quando estávamos próximos à Groenlândia, ele se sentiu mal. Sentia dor de estômago e estava com o hálito muito forte e a temperatura baixa. Depois de poucos minutos, parecia ter desmaiado.

Renato, o chefe de cabine, era uma pessoa muito prática e conseguia resolver todos os problemas com responsabilidade e prontidão, até as situações mais difíceis, sempre respondendo com um sorriso os passageiros nervosos.

A situação de emergência veio repentinamente.

Parecia que o coração daquele homem enorme havia parado de bater, e ele não respirava mais.

Renato e outros colegas pegaram-no pelo braço e estenderam-no no corredor. O médico que veio prestar os primeiros-socorros estava em lua de mel e ajoelhou-se para fazer a respiração boca a boca, na tentativa desesperada de salvar aquela vida. Os braços dos demais médicos que se dispuseram a ajudar se alternavam em uma massagem cardíaca tão violenta e desesperada que parecia deformar aquele corpo inundado por líquido em uma hemorragia interna causada por um edema pulmonar implacável.

O sangue começava a sair pelo nariz e pela boca.

A corrida para salvá-lo foi angustiante. Deram-lhe até mesmo uma injeção de adrenalina, e continuaram tentando reanimá-lo até constatar que aquele corpo já não tinha mais vida.

A união e a irmandade humana apareceram diante de meus olhos, junto à celebração de amor por aquela vida indefesa diante da potência do destino.

O corpo foi envolvido em cobertas e cortinas.

Quando um passageiro morre a bordo, sucede uma situação difícil para todos, principalmente para os passageiros que devem continuar viajando ao lado de um cadáver, que será envolvido e escondido embaixo de uma coberta. Se o passageiro a bordo de um avião morre durante o voo, não pode ser deslocado pelos membros da tripulação, e só um médico tem a autoridade de decretar sua morte.

O procedimento é avisar a torre de comando sobre o ocorrido. Uma vez em terra, um médico legista convocado pela autoridade aeroportuária deve estabelecer a hora e a causa da morte.

Apenas a Singapore Airlines tem um "armário para cadáveres", um vão grande o suficiente para guardar um corpo humano em caso de morte.

Eu abracei a mulher, devastada por essa fatalidade que ainda não conseguia compreender direito, e tentei atenuar os tremores que a consumiam inteira; segurei sua mão, e ela apertou a minha, sem largar mais.

O cheiro de morte espalhou-se pelo ar em todo o avião.

Finalmente, chegamos no destino final.

As portas se abriram.

A polícia americana interrogou a todos, os médicos se ocuparam do corpo depois de o fotografar. Um médico avisou aos filhos no aeroporto que apenas a mãe os abraçaria. Os passageiros desembarcaram com frio porque a temperatura da cabine precisou ser abaixada. A tripulação foi para o hotel depois de passar pelo controle aduaneiro.

Estávamos atônitos, mas todos fomos fazer o que havíamos planejado para aquela viagem antes do ocorrido.

No dia seguinte, um colega foi se casar em Las Vegas, em um *cadillac* rosa, com a companheira, que havia decidido seguir com ele. Cristina alugou uma bicicleta para fazer um passeio até Malibu. Elena pegou um ônibus e foi encontrar seu mestre de yoga. Cinzia foi encontrar amigos que moravam na Califórnia. Donatella decidiu não comer hambúrguer. Claudio e o primeiro oficial foram a um *show* no Anfiteatro Gibson, perto de *Universal City*, pois o produtor italiano da banda que iria tocar, passageiro do voo, convidou-os pessoalmente. Todos tentamos lidar com aquele evento traumático.

Nos dias seguintes, fomos convidados a conversar com um psicólogo, para garantir que estávamos aptos física e emocionalmente e para lidar com os efeitos negativos que poderíamos ter depois daquela experiência. Assegurar a integridade psicofísica dos navegantes é importante porque suas tarefas e responsabilidades têm alto nível de estresse e podem incidir sobre outros aspectos da vida, como a vida amorosa, que muitas vezes é bastantes desregulada. Além disso, as condições adversas em que trabalhamos também afetam a saúde, como o constante barulho, o microclima, a radiação cósmica, a dificuldade de manter hábitos alimentares saudáveis, a irregularidade dos ritmos diários, a insônia causada pelo fuso horário, os deslocamentos constantes, etc.

Por isso, as aeromoças devem fazer consultas médicas periódicas, que acontecem durante os turnos de trabalho e feitas pelo instituto de medicina legal da aeronáutica. Graças a elas, somos submetidas a exames minuciosos e, se passarmos, ganhamos um certificado de capacidade física que é anexo à licença.

Com o passar do tempo, fui aprendendo regras de comportamento necessárias para garantir o bom funcionamento do voo. Aprendi a usar cada experiência para antecipar e resolver qualquer situação que apareça.

Manual do passageiro cortês

Sentado em sua poltrona, um passageiro começa a sacudir os braços e tocar a campainha impaciente.

O tinido era contínuo, incessante. Pensei, preocupada, que fosse uma emergência:

— Bom dia, em que posso ajudar o senhor?

Um senhor aparentemente distinto, mas arrogante, perguntou, enquanto chacoalhava uma fatia de melancia na mão:

— Com licença, você sabe me dizer o que é essa nojeira aqui?

— Parece uma melancia – respondi.

Ele ficou mais tranquilo. Olhou para a melancia e não perguntou mais nada.

Não era uma emergência. Talvez fosse estresse ou frustração em função da viagem.

Frequentemente, as pessoas esquecem que os aviões não são restaurantes e que oferecemos aquilo que vem do serviço de *catering* e apenas aquecemos a comida a bordo. Não podemos mudar o que é oferecido a todos baseado nos gostos de cada um. Além disso, não se deve pensar nas aeromoças como garçonetes – sem ofensa a elas, é claro – porque não o somos. É melhor pensar que, além de assegurarmos a segurança a bordo, somos uma espécie de donos da casa que recebem seus hóspedes, garantindo uma permanência agradável e sem riscos.

Para garantir o conforto no voo, é necessário que os passageiros entrem em contato conosco. Para resolver algum inconveniente e para garantir a segurança a bordo, é preciso que respeitem as orientações da tripulação sem impedir que cumpram suas funções. Todos devem seguir as leis, regulamentos e condições de viagem, pois os comissários de bordo devem priorizar a segurança durante o voo a todo o momento.

Se o comportamento de um passageiro colocar o avião em perigo, ou se alguém não observar os avisos, serão adotadas medidas para impedi-los de agir.

Não é permitido viajar de avião sob o efeito de álcool ou outras substâncias entorpecentes em altas doses, pois a alteração do estado de consciência dos indivíduos durante o voo representa um perigo para si e para os demais passageiros, especialmente caso se apresente uma situação de emergência.

Nessas situações, é possível recusar o embarque do contraventor. O uso excessivo de álcool pode levar a comportamentos agressivos, gerando o risco de a situação se deteriorar. Por isso, é importante que as aeromoças tenham muita atenção ao servir bebidas alcoólicas se o passageiro apresentar sinais de embriaguez.

Não é permitido servir bebidas alcoólicas a passageiros menores de 18 anos, mesmo se estiverem acompanhados pelos responsáveis.

As aeromoças não podem beber oito horas antes de entrar em serviço.

Regras e normas de comportamento são seguidas, e o bom senso e a boa educação são importantes para assegurar a boa convivência de todos, especialmente em ambientes restritos com pouco espaço e nenhuma privacidade.

Algumas sugestões se fazem necessárias àqueles que voaram poucas vezes, para os navegantes de primeira viagem, atrapalhados com todas as novidades, ou para os jovens entusiasmados com o novo senso de liberdade que as férias evocam.

As situações costumam se repetir, sempre muito parecidas entre elas, em quase todos os voos. Durante os anúncios de abertura do voo, a fila no portão já está longa, pois as pessoas já se apresentam para efetuar o embarque o quanto antes.

Todos ficam de pé imediatamente. Os nervos estão aflorados, e todos querem ficar nos primeiros lugares da fila, que se alonga rapidamente. Sem muita educação, transformam os cotovelos em armas e, com o auxílio da bagagem, vão se empurrando para não perder o lugar.

Os mais aguerridos sequer percebem a música que toca a bordo, pois têm o objetivo de chegar ao lugar desejado o quanto antes. Chegam sobrecarregados no avião, cansados por causa das bagagens pesadas e sacolas cheias de compras, que nunca chegam a pôr no chão, por causa da pressa de chegar logo a seu lugar.

Assim que chegam perto da poltrona, bloqueiam a passagem para os demais passageiros e ficam em pé no meio do corredor para arrumar, com toda a calma do mundo, as bagagens enormes, para olhar ao redor, para conversar com o vizinho e ligar para parentes e amigos, avisando que estão no avião. Obviamente esquecem que há pessoas atrás deles que esperam para conseguir chegar a seus lugares mais ao fundo, que também não veem a hora de chegar a seus assentos para encontrar compartimentos de bagagem grandes o suficiente para as malas que se recusaram despachar.

Sentem aversão por ficar sentados e afivelar os cintos e detestam a obrigação de desligar o celular quando as portas se fecham.

Ao chegar ao destino, não veem a hora de desafivelar o cinto, ainda antes de o avião ter parado, se levantam em um pulo para pegar a bagagem no compartimento acima, que deve ficar fechado por motivos de segurança, e correm enlouquecidos ao longo da cabine, enquanto o avião ainda transita pela pista, para passar à frente de todos e chegar antes na porta, que ainda está fechada.

Se existem normas de conduta para ser uma aeromoça perfeita, também se podem apontar algumas medidas a adotar quando passageiro, a fim de manter a viagem agradável para todos. Aqui estão alguns conselhos e dicas, frutos de anos de experiência:

A - Não tomar assento na primeira classe quando tiver um bilhete da classe econômica, pois as aeromoças serão obrigadas a convidar o passageiro a tomar seu assento designado, uma vez que os assentos são reservados e numerados.

B - Desligar o telefone celular assim que ouvir o anúncio de que as portas foram fechadas, sem se demorar nas ligações.

C - O computador deve ficar desligado durante decolagem e pouso. Não se recuse a desligá-lo, pois isso nos obriga a avisar ao comandante e acaba levando ao atraso na partida.

D - Afivelar o cinto de segurança e não insistir que só o fará quando quiser. O tempo que temos é muito curto e sua segurança é muito importante.

E - Não é possível deixar a bagagem embaixo do assento nas saídas de emergência pois, em caso de evacuação, todos precisam ter a possibilidade de sair por aquelas portas sem tropeçar e sem qualquer obstáculo no caminho.

F - Não chamar as aeromoças próximo à decolagem exceto em casos de máxima urgência. As aeromoças também são obrigadas a colocar o cinto de segurança e correm o risco de se machucar se não o puserem nos casos de frenagem súbita ou aborto da decolagem. As necessidades (suco de laranja, medo, enjoo, informações sobre voos posteriores) será levada em consideração posteriormente. Para quem sente que está prestes a vomitar, a única coisa a fazer é pegar o saquinho na poltrona à frente e depois ir ao banheiro para se enxaguar, umedecendo os pulsos e as têmporas com água fria.

G - Não colocar o chiclete nos saquinhos de vômito.

H - Cuide para que a bagagem sob o assento a sua frente não atrapalhe o corredor, não impeça a passagem das pessoas e não bloqueie a passagem dos carrinhos de serviço. Ela também pode desfiar a meia-calça das aeromoças durante o serviço.

I - Pode acontecer de a chegada ao destino atrasar. Entre os muitos possíveis motivos, o mais frequente são os problemas técnicos, como o atraso do voo anterior e não autorização do pouso pela torre de controle. Eu compreendo a decepção, por vezes a raiva dos passageiros é justificável, já que o atraso pode causar muitas dificuldades (perda de outro voo, de algum compromisso importante, etc.). Em casos como esses, tentamos dar o máximo de soluções possíveis, mas naquele momento as pessoas não têm lucidez para compreender que a raiva não mudará a situação e apenas levará a problemas de convivência posteriores e possíveis problemas de saúde para si. Evitem emitir sentenças e juízos pessoais sobre quem está trabalhando o melhor que pode, representando a companhia. Uma boa possibilidade é direcionar as reclamações escritas para o setor responsável.

J - Não é nada agradável quando o passageiro entra ou sai do avião sem cumprimentar a tripulação, ou lançando olhares ameaçadores.

K - No avião, muitas pessoas precisam descansar, ler um livro, uma revista ou simplesmente precisam de tranquilidade para trabalhar. Outras pessoas, por estarem de bom humor ou inebriados com as férias, sentem vontade de cantar, rir e fazer bagunça. É melhor não falar em voz alta e manter um tom de voz normal, em respeito aos demais.

L - Quando o avião está cheio, não é possível embarcar todas as bagagens de mão, principalmente as maiores. Em algumas situações, não há escolha. Aceitem deixar a bagagem etiquetada com a equipe de apoio para que elas sejam despachadas e retiradas no destino.

M - Se a mala for grande demais, não caberá no compartimento superior. Sugiro sempre procurar uma forma de ajeitá-la adequadamente, ou pedir ajuda, para evitar incômodos posteriores e possibilitar que outros possam armazenar suas bagagens também.

N - Os compartimentos superiores são de todos. As bagagens são armazenadas onde ainda houver espaço disponível. Ninguém compra o compartimento sobre seu assento e ninguém pode remover as bagagens dos outros.

O - Sempre verificar o horário de embarque enquanto estiver no *duty free*, pois parece que lá o tempo para.

P - Não é permitido fumar no banheiro. Os infratores arriscam levar uma multa exorbitante e uma denúncia por atentar contra a segurança alheia, podendo vir a ser uma tentativa de homicídio. Prezados fumantes, esperem até chegar a terra. Além disso, um cigarro durante o voo causa o dobro dos danos físicos devido ao ar rarefeito na cabine.

Q - Não cai bem ficar olhando para as aeromoças com olhares de luxúria, no estilo Don Juan, durante as demonstrações de segurança.

R - Depois de comer a refeição servida, pedimos que deixem a bandeja como está. Ela será retirada na próxima vez que passarmos com o carrinho, que já tem o espaço de armazenagem para todas elas. Se você empilhar todas as bandejas da fileira, obrigará as aeromoças a fazer acrobacias para recompô-las e colocá-las de volta. De qualquer forma, obrigada pela boa intenção.

S - A bordo de um avião, consideramos vocês nossos hóspedes. Um sorriso é o melhor agradecimento.

T - Não se apoie na poltrona a sua frente quando for se levantar. Isso incomoda o passageiro sentado nela. Além disso, não deixe seu encosto deitado ao máximo durante as refeições, em respeito ao passageiro sentado atrás.

U - Não prenda as crianças de colo com o mesmo cinto de segurança que você está usando, pois forneceremos um cinto especial para bebês. Em caso de emergência, a criança corre o risco de ser esmagada pelo peso do adulto.

V - Esteja disponível a trocar de assentos caso seja necessário, sem se apegar à posição que lhe foi designada durante o check-in.

W - Embarque e sente-se o mais rápido possível. Sempre dê uma olhada na fila atrás de você.

X - Não se esqueça do celular, da jaqueta ou do passaporte nos detectores de metal. Se acontecer, tente se lembrar do lugar e do modelo, para que possamos contatar a equipe de segurança para tentar resgatar o objeto no achados e perdidos.

Y - O botão para chamar as aeromoças é um jogo muito divertido para crianças. Segure esses lindos dedinhos.

Z - Nem todos os jornais estão disponíveis a bordo. Não adianta insistir.

Há também normas relacionadas à bagagem de mão que devem ser observadas. Por vezes ocorrem controvérsias e pequenos inconvenientes. O melhor é evitá-los, informando-se com antecedência. Essas normas mudam com frequência, portanto, é sempre bom observá-las antes da viagem.

É permitido carregar na bagagem de mão, além dos objetos pessoais, uma única mala com dimensões não superiores a 55x35x23 centímetros, pesando até 8 quilos.

A fim de proteger os passageiros das novas ameaças terroristas advinda de explosivos líquidos, foram adotadas novas regras que limitam a quantidade de substâncias líquidas que o passageiro pode carregar a bordo.

Embora não haja limite para a bagagem despachada, na bagagem de mão, quando o passageiro passa pelos controles de segurança aeroportuária, substâncias líquidas só podem ser embarcadas em pequenas quantidades e devem estar em recipientes pequenos, todos inseridos dentro de um único saco plástico. A capacidade máxima consentida é de 100 mililitros por passageiros.

São considerados líquidos, além de água e outras bebidas, os cremes, perfumes, *sprays*, desodorantes, máscaras e pastas de dente. Até mesmo alguns tipos de queijo.

É possível comprar líquidos depois do controle de segurança, mas é melhor não abri-los antes de chegar ao destino final e deixá-los dentro das sacolas fechadas e com o recibo. Caso contrário, se estiver fazendo escala em outro aeroporto, os líquidos podem ser confiscados pelo controle de segurança. Não são permitidos objetos na bagagem de mão que possam ser usados como armas (lixas metálicas, tesouras, tacos de golfe, etc.), nem substâncias inflamáveis, venenosas, tóxicas ou infecciosas.

Regras para o uso do telefone no voo

O uso do celular a bordo é permitido até que se fechem as portas. O uso de computadores, desde que sem nenhum periférico, é permitido quando o comandante o consentir, depois da decolagem até dez minutos antes do pouso.

A Comissão Europeia mudou as normas acerca do uso de telefones celulares, que podem ser usados a bordo de aeronaves em casos específicos.

Nas rotas intercontinentais, os telefones a bordo serão conectados a uma rede de celular instalada no avião, conectando-os via satélite à terra, o que permite sua utilização sem interferência na instrumentação aérea.

Outros pequenos conselhos a seguir para o bem de todos

- Nunca deixe dinheiro, chaves e objetos de valor na bagagem despachada, pois ela pode ser mandada por engano para outro destino.

- É melhor carregar uma mala de mão flexível do que rígida, pois será mais confortável e espaçosa, com menos risco de arranhões e outros danos.

- Para evitar que sua bagagem se confunda com as dos outros, é aconselhável personalizá-la com adesivos, etiquetas ou faixas coloridas, pois a identificação será mais fácil quando for retirá-la. Sempre deixe uma etiqueta de identificação dentro da mala.

- Durante um voo de longa duração, vá ao banheiro antes que sejam retiradas as bandejas das refeições, assim você evita filas longas e banheiros mais sujos.

- O banheiro é muito utilizado, portanto, tranque a porta para evitar cenas constrangedoras. Caso seja necessário, é possível abri-lo por fora.

- Sempre leve um casaco para os voos, pois o ar condicionado pode ser brutal.

- O ar dos aviões é muito seco, por isso, use manteiga de cacau e hidratantes para evitar a pele ressecada.

- A escolha de qual roupa usar deve ser ditada pelo conforto. Dê preferência para roupas largas e cômodas. Use camadas de roupas, para que sua roupa esteja adequada tanto para o interior do avião quanto para o clima no seu destino.

- Não se esqueça da máscara e dos tampões de ouvido para ter um sono mais agradável.

- Não passe muito tempo sentado na mesma posição.

- Evite cruzar as pernas enquanto estiver sentado, pois isso dificulta a circulação do sangue.

- Use sapatos largos, pois os pés incham muito durante o voo.

- Certifique-se de que as meias estejam limpas e sem furos antes de sair de casa, assim você pode tirar os sapatos com tranquilidade no controle de segurança.

- Se tiver desconforto nos ouvidos, masque um chiclete ou uma bala.

- Beba água durante todo o voo. Evite bebidas alcoólicas.

- Leite e bebidas gasosas podem causar distúrbios intestinais durante o voo.

- Mantenha em mente que, em caso de colite, os açúcares das frutas fermentam e causam inchaço abdominal.

- Sempre leve um *kit* de higiene bucal. Lembre-se que as verduras ficam presas entre os dentes e que os molhos cheios de alho podem deixar um hálito não muito agradável.

- A tensão do voo e a felicidade de ter aterrissado sem nenhuma catástrofe podem levar a aplausos para o piloto. Como a cabine de comando é fechada, eles não escutam e, além disso, não consideram um evento excepcional que a aterrissagem tenha ocorrido sem feridos ou danos estruturais à aeronave. Portanto, evite os aplausos.

- Ao viajar com crianças, é uma boa ideia escolher voos menos concorridos. É preferível fazer o *check-in* com antecedência para ter mais escolhas de assento e não correr o risco de dividir o grupo. De maneira geral, os pais com recém-nascidos são alocados na primeira fileira porque há mais espaço para alongar as pernas e pendurar o berço.

- Em muitos aviões, os assentos nas primeiras filas têm os braços fixos e, caso haja um assento livre ao seu lado, você não poderá se deitar.

- Não encontra o cartão de embarque e está certo de que o perdeu? Procure com calma dentro do passaporte ou no bolso. Ele está lá em 99% dos casos.

- Não chaveie as malas quando estiver indo para os Estados Unidos, pois os agentes de segurança têm o dever de abrir a bagagem, mesmo que seja necessário quebrar o cadeado.

- Não se ofenda se pedirem para ver seu cartão de embarque, este é um controle obrigatório.

E para a preparação da viagem

- Informe-se bem sobre os lugares aonde você está indo.

- Adeque suas viagens ao seu estado de saúde, se necessário.

- Faça uma pequena farmácia com produtos úteis em pequenas emergências.

- Tome as vacinas necessárias.

- Onde for necessário, adote medidas mais estritas de higiene pessoal, alimentar e ambiental.

- Encare a viagem com serenidade, evitando excessos.

Os viajantes têm grandes responsabilidades que devem ser levadas em conta. O turismo pode, inclusive, causar poluição, a extinção de espécies animais e vegetais, desperdício de recursos naturais, a morte de tradições, culturas e valores. Lembre-se também que a prostituição e a pornografia infantil são crime em quase qualquer país do mundo e devem ser combatidas.

Para preservar a diversidade da história, da cultura, da tradição e da integridade paisagística dos locais, é necessário agir com responsabilidade no país de destino. Isso tudo requer sensibilidade e consciência dos danos que podem ocorrer.

Vale recordar também que é proibido trazer souvenires exóticos, como corais, peças de marfim e conchas, produtos de peles de animais em risco de extinção. Portanto, seja responsável.

O comandante

– Aqui quem fala é o comandante. Estamos agora sobrevoando os Alpes. Se vocês olharem à direita, terão uma vista espetacular.

O comandante é uma figura carismática. Tem amplos poderes a bordo da aeronave que pilota e é responsável por tudo o que acontece durante o voo.

Um bom comandante sempre deve favorecer a integração da tripulação.

A voz do comandante Renzo Cometti era tranquila, segura, com uma dicção perfeita.

Informava e acolhia os passageiros com um tom cordial, mas com autoridade.

Apaixonado pelo mundo da navegação e da técnica aérea desde pequeno, tirou o primeiro brevê de piloto logo depois da adolescência e fez carreira como oficial da aeronáutica antes de entrar para nossa companhia aérea.

Transmitia segurança e nunca demonstrava hesitação.

Conseguia manter a equipe sempre íntegra e unida e tornava-se um ponto de referência para qualquer situação, sempre com tato e compreensão.

Tinha um conhecimento técnico que complementava com a vasta experiência adquirida e encorajava todos a sempre externar suas dúvidas antes da partida.

Tive a sorte de encontrá-lo em diversos voos.

– Bom dia, sou o comandante do voo – disse no dia em que apareceu na sala da tripulação no aeroporto, cumprimentando a todos individualmente.

Disse em seu discurso:

– Minha intenção é concluir este voo com segurança, e vou cuidar para que isso aconteça da melhor forma possível. Estarei sempre à disposição e desejo a todos um bom trabalho.

Foi assim que se apresentou quando o encontrei pela primeira vez.

Breve, conciso e pertinente.

Cortês e simpático, ofereceu a todos um café antes de partir.

Senti que seria um voo agradável.

Seu carisma e senso prático, junto da grande inteligência, indicavam um bom começo.

Eu não fui a única a se apaixonar por aquela voz cordial e sincera.

– Agora que estamos nas nuvens, posso dar oi para o comandante? – perguntou Emanuele, um garotinho de seis anos que segurava a mão de Serena, a irmã de oito, maior, mas mais tímida que ele, e com olhos azuis que brilhavam junto de seus cabelos loiros.

As bochechas da menina logo coraram. Ambos me olhavam sorridentes, com os olhos bem abertos, esperando a resposta.

Eu sabia que infelizmente não seria possível atender aquele pedido, mas comuniquei ao comandante.

Gentilmente, ele disse que seria um prazer conhecê-los depois da aterrissagem, durante o desembarque dos passageiros.

Emanuele e Serena ficaram entusiasmados e emocionados com a cordialidade do comandante e fizeram desenhos coloridos para presenteá-lo depois do voo.

Naquela mesma jornada de trabalho, seguiríamos viagem em um Airbus A300 para Roma, depois Palermo, com horário previsto de aterrissagem às 11h05min.

Tudo corria conforme previsto, e a vida na cabine não parava de oferecer histórias interessantes. Os diferentes sotaques e pronúncias da Sicília eram bem familiares para mim, assim como os hábitos.

Alguns costumam perguntar se o café já vem açucarado, pois, na Sicília, colocamos açúcar no bule antes de oferecer aos convidados.

Meu trabalho é agradável por muitos motivos, mas não é uma profissão como as outras, mesmo que às vezes possa parecer. Tudo pode mudar em apenas um instante, e é necessário estar preparado. Sempre. Algum acontecimento súbito e inesperado pode acontecer a qualquer momento, e apenas com competência e constante treinamento é que podemos identificar os riscos a tempo para resolver o problema.

Uma campainha se acende de repente. O interfone sinaliza a chamada, e eu paro o que estou fazendo para atendê-lo e comunicar que estou disponível, como dita o procedimento. A voz do comandante marcava as palavras com cuidado. Ele requeria minha máxima atenção à informação importante, que deveria ser reservada apenas aos membros da tripulação:

— Preciso informar que foi feita uma notificação de ameaça à bomba a bordo deste voo. É necessário que vocês observem todas as áreas da cabine e prestem atenção em qualquer coisa que pareça suspeita. Se positivo, avisem-me sem tocar em nada. Dado o pouco tempo que temos, não poderemos contar com a ajuda e a colaboração dos passageiros para identificar e verificar as bagagens. Precisamos evitar o pânico, pois isso apenas pioraria a situação. Por isso, peço que realizem a varredura com a máxima discrição, sem divulgar a notícia. Interromperemos imediatamente a subida e manteremos a altitude de cabine constante, para prevenir a ativação de um dispositivo com barômetro. Eu me sinto no dever de dizer que é fundamental não perder a calma.

O aviso de ameaça havia sido feito por ligação telefônica anônima ou por uma notificação escrita sem remetente no aeroporto de partida.

Especialistas devem averiguar a credibilidade da informação para determinar o risco.

A mensagem tinha um objeto bastante preciso: nosso avião, nosso voo.

A ameaça foi avaliada como código vermelho, plausível e específica, e colocava em perigo a incolumidade de todos. O fim daquela operação, para todas as autoridades, era a defesa, a tutela e a proteção da vida humana.

Relembrei tudo o que havia aprendido no curso preparatório. Minha mente reavivava as indicações dos manuais.

Pressupõe-se que tais movimentos subversivos sejam inspirados por rivalidades pessoais, por motivos econômicos, por megalomania, por distúrbios mentais ou por vinganças sociais e políticas. A ameaça de bomba a bordo é diferente de um sequestro de avião. Nestes casos, a aeronave é tomada por uma ou mais pessoas com armas, violência ou meios ilegais, tomando controle do voo e dos passageiros. O comandante a bordo do avião também tem a função de um agente público e, nos casos mais graves, pode tomar medidas drásticas, como a coerção dos infratores a bordo, a aterrissagem em um aeroporto diferente do destino e a requisição de intervenção das autoridades policiais.

Procedimentos e normas internas de segurança, inclusive por parte da tripulação, são realizados para evitar ou reduzir drasticamente esse risco.

Era possível portanto que houvesse uma bomba com sensor de pressão, que poderia explodir caso atingíssemos uma determinada altitude. Precisávamos aterrissar o quanto antes para reduzir a pressão diferencial, ou pelo menos contê-la e, enquanto isso, preparar-nos para uma emergência. O risco de sérios danos às pessoas e à aeronave não podia ser ignorado.

Naquela época, o controle de segurança não era tão minucioso como hoje. Previam pequenas medidas de segurança e vigilância, com verificação da bagagem de mão. Era permitido levar líquidos, os sapatos não eram checados e, provavelmente, os detectores de metal eram calibrados de maneira diversa. Tudo o que diz respeito à segurança está em constante evolução. Até mesmo as normas em relação à cabine de comando, por exemplo, mudaram desde o fatídico dia 11 de setembro de 2001: não é mais permitido visitá-la. Os dispositivos de segurança foram ampliados.

Não havia tempo de fazer uma varredura minuciosa no avião que pudesse identificar algum dispositivo explosivo. A única coisa que podíamos fazer era um exame visual para identificar algo fora do normal que pudesse levantar suspeita.

O voo parecia tranquilo, mas o estado de espírito da tripulação a bordo já não o estava mais.

Em princípio, ficamos quase paralisados, porque estávamos incrédulos.

Nessas situações levamos alguns momentos para recuperar o equilíbrio emocional. Nesses momentos, muita coisa pode acontecer.

Coisas como precisar tranquilizar uma colega coberta de lágrimas ou impedir outro colega de fumar um cigarro, o que na época era permitido, pois a proibição só alcançava charutos e cachimbos.

Enquanto isso, a náusea ia tomando conta de mim.

Eu sentia uma terrível dor de cabeça. Parecia que diante de mim se desenrolava um filme a que eu nunca quis assistir.

Por que não fiquei em casa?

Deixei de lado aqueles pensamentos inúteis e contraproducentes e mantive em mente que as estatísticas comprovam que a maior parte das emergências terminam bem se geridas corretamente. É necessário que os comissários de bordo colaborem ativamente uns com os outros, pois é a cooperação que garante a segurança e a eficiência a bordo.

Eu repetia para mim mesma que o papel central de uma aeromoça é a segurança a bordo, que eu havia passado por diversos cursos de segurança para conseguir minha habilitação.

Toda a tripulação é obrigada a participar de um programa de formação em segurança para poder exercer a profissão e se desenvolver na carreira.

O programa periódico de atualização acontece anualmente e, ao fim do curso, devemos passar por uma prova que verifica nossa capacidade e a continuidade da atividade laboral. Também são oferecidos cursos anuais de primeiros socorros, ressuscitação e massagem cardíaca. Quem completa tais cursos ganha certificados.

Pensar nisso tudo me deu o suporte, me guiou, me manteve segura e lúcida para cumprir meu dever corretamente.

Eu ia me ajoelhando de quando em quando, fingindo ter perdido um brinco, e verificava se todos os coletes salva-vidas embaixo das poltronas estavam posicionados corretamente. Também observava as poltronas para ver se havia algo estranho acontecendo.

Em caso de pouso de emergência na água, eu ajudaria todos a colocar os coletes, explicando mais uma vez que eles deveriam ser inflados apenas quando o passageiro fosse sair do avião, pois fazê-lo antes impediria uma fuga rápida, correndo o risco de ficar preso em algum lugar. A partir daquele momento, qualquer coisa poderia acontecer.

Fiz uma inspeção de todas as placas e pistolas de sinalização e dos rádios portáteis. Também guardei todos os objetos soltos.

Tentei relembrar alguns procedimentos. Depois do impacto, eu deveria abrir as portas de emergência, pegaria os botes e empurraria os passageiros para ele, tentando fazer o mais difícil de tudo: manter a calma de todos.

Eu trocava olhares com os colegas. Pareciam serenos, como se nada estivesse acontecendo, mas eu sabia que não estavam.

Eu sabia que uma bomba poderia explodir a qualquer momento. Sabia que meus pensamentos, aquilo que eu via e ouvia ao meu redor, poderia ser o que restava de minha vida.

Já estávamos em uma altitude muito baixa. Eu precisava me sentar.

Afivelei o cinto e, preparando-me para a aterrissagem, pus as mãos sobre os ouvidos com força, talvez para me proteger do estrondo que viria.

Meus pensamentos estavam a mil.

Eu pensava em tudo que ainda queria dizer a minha mãe.

Em poucos segundos, milhares de episódios de minha vida passavam pela mente. Do nascimento, da infância, da adolescência, de hoje.

Não havia mais tempo. Eu queria mais, queria continuar a viver, para realizar tudo o que eu havia deixado pela metade. Para abraçar meu filho, minha irmã. Para dizer-lhes que não se preocupassem comigo, pois nos amaríamos para sempre, porque todos estamos de passagem, porque a morte faz parte da vida.

Queria tanto conversar com Stefania.

Não havia mais tempo.

O avião estava prestes a tocar no chão.

Não havia mais tempo.

Eu queria chorar.

Não havia mais tempo.

Prendi a respiração.

A aterrissagem foi leve, perfeita.

A aeronave se dirigiu ao local designado na pista.

Ouvi a voz do comandante. Ele escondia bem, mas estava trêmula:

— Pedimos aos senhores que permaneçam sentados até a parada completa da aeronave.

A voz de minha colega parecia irreal. Estava incerta, instável, desgastada. Mas só eu podia perceber isso:

— Senhoras e senhores, sejam bem-vindos a Palermo. Agora são 11h05min da manhã. A aterrissagem ocorreu conforme previsto. Desejamos a todos um bom dia e até logo.

A ameaça era falsa.

O horror se transformou em um sorriso, mas logo virou raiva do estúpido autor daquele estúpido ato.

Eu só queria voltar para casa.

É pecado maldizer os outros?

Pois então pequei.

Jamais esquecerei esse episódio.

Pousei mais uma vez na pista de minha realidade cotidiana, reencontrando a vida privada que havia deixado de fora daquele enorme veículo voador. Quando voltamos para casa, nossas coisas parecem ter um cheiro mais gostoso, de desconhecido, embora ainda seja o lugar de sempre. Reencontramos as certezas, as lembranças e as esperanças. Abri a porta e senti o espaço ao meu redor. Muitas vezes, as pessoas não compreendem nosso estado de espírito, ou podem exigir algum apoio, ou que seja resolvido algum problema imediatamente. Isso acontece porque passamos dias longe, e nossa presença desaparece por um tempo. Depois de meus dias de ausência, todas as minhas energias se concentravam no descanso, na tentativa de reencontrar as pessoas amadas e reacender as relações que se apagavam com as sucessivas partidas. Eu compreendia que era difícil me acompanhar, mas exatamente por esse motivo que minhas coisas, os braços e a compreensão das pessoas amadas eram fundamentais. Eu extraía deles força e segurança.

E eu os buscava mais uma vez.

O imprevisto

Minha relação com Davide acabou se tornando uma comédia farsesca.

Quando me perguntavam por que a relação com o meu marido havia terminado – o que acontecia com muita frequência, principalmente entre meus colegas de trabalho – eu contava meu lado da história e pintava tanto o traidor quanto a amante com as piores cores possíveis.

Meus interlocutores concordavam que a responsabilidade era deles pelo término do casamento, mas ao mesmo tempo eu pensava na outra verdade, aquela que eu omitia, em que ninguém tinha culpa, ou melhor, eu também tinha.

Pensava em mim e em Davide e me sentia desconfortável de proferir aquelas palavras de censura contra meu ex-marido e a amante, que já não me davam a mesma satisfação de antes. Eu ficava quase arrependida daquelas duras acusações que acabavam se voltando contra mim também.

Eu começava a compreender a paixão entre meu ex e sua atual companheira, e ficava admirada pela sabedoria demonstrada.

Eu tentava justificar seus atos, refletindo sobre minha posição nessa história toda. Começava a atenuar as críticas que fazia a ele, começando a aceitar essa situação. Aquelas foram escolhas feitas em nome da paixão, do desabrochar de novos sentimentos, da morte de sentimentos antigos. A vida de cada um que seguia novos caminhos, em direções inesperadas.

Isso diminuía minha dor, minha irritação, minha tristeza, e eu começava a tolerar aquele crime cometido, que não tinha a intenção de machucar ninguém. Aquilo foi um pecado perdoável, não tão grave, mesmo que tenha parecido intolerável em princípio. Lágrimas que o tempo acaba por secar.

Aquilo era um engano difícil de confessar, pois demonstrava uma derrota, evidenciava os erros cometidos ao longo da vida, sublinhava as fraquezas e fragilidades.

Em caso de suspeita de traição, é melhor iludir-se que tudo corre bem, que aquilo foi apenas uma crise passageira, mesmo que aquilo dure meses, talvez anos, mesmo se o casal não estiver mais apaixonado como antes, se não houver mais comunicação e cumplicidade, se a atração sexual tiver se apagado porque há coisas mais importantes a se pensar.

Tudo voltará a ser mais ou menos como antes, mas no momento não interessa tentar reatar os vínculos ou tentar compreender, pois há compromissos, vontades, deveres a serem cumpridos, a rotina de uma vida em movimento que segue no automático. Como um trem que partiu e segue seu caminho no trilho, com o destino determinado sem escalas previstas.

O casal permanece hipnotizado pelo barulho do vagão que segue sempre igual, com os mesmos tons fixos e contínuos, com as mesmas pausas regulares, monótonas mas conhecidas e familiares.

Chegam a se perguntar por que haveriam de mudar.

Por que sair da zona de conforto do casamento, abrir mão da proteção que o laço matrimonial garante para encontrar o desconhecido fora dela? Por que continuar se iludindo com um amor esmaecido? Por que se manter em uma relação apenas pelos filhos, para quem se direciona todo o afeto que os cônjuges já não sentem mais um pelo outro?

Por que correr o risco de ter uma vida mais corrida, mais dura, mais incômoda, mais inconveniente, mais difícil, mais pesada?

Mais adulta?

Mais verdadeira?

Mais responsável?

Mais consciente?

Por quê?

Para ganhar o que em troca?

Para poder ser quem quiser ser?

Para destruir os sonhos e ilusões?

Para se cansar mais?

Só se perguntar se vale a pena já é muito cansativo.

O homem não sabe esconder os sinais de traição.

Bastou-me mexer no celular do meu marido para encontrar as mensagens de amor que ele deixou salvas na memória.

Assim que li aquelas mensagens, meu estômago contraiu-se, meu coração começou a bater com força, e meu sistema nervoso saiu do controle.

Senti o sangue que corria pelas minhas veias correr para a cabeça, e as têmporas começaram a palpitar com força, como se fossem explodir. Vi minhas mãos tremerem e, com o corpo quase paralisado, fiz força para me sentar, os olhos arregalados e fixos.

Eu sabia que não estava sonhando, mas via diante de mim uma realidade que parecia irreal, que eu não acreditava ser a minha.

Doces palavras que ele nunca dirigia a mim.

Eu pensava que as fadas e fantasmas só existiam nas fábulas de meu filho. Como poderiam se materializar assim na minha vida?

Liguei para aquele número ainda incrédula, na esperança de que aquilo fosse só um pesadelo, mas quem respondeu foi a voz sedutora de uma moça com sotaque e uma ousadia juvenil que apenas aumentou o fluxo de sangue em meu cérebro.

Eu continuava naquela casa onde, durante anos, vivi momentos doloridos de silêncio ensurdecedor ao lado de meu ex-marido, onde nossos olhares haviam perdido aquele entusiasmo que nem o amor nem o compromisso com Alessandro pôde acender.

Todas as fotografias foram substituídas, e os móveis estavam em lugares diferentes. As roupas estavam organizadas de forma diferente nos armários.

O álbum de fotografia e o vestido de casamento foram para o sótão, junto de um aspirador de pó quebrado e a árvore de natal de plástico.

Davide, no entanto, reiterou que precisava de mais tempo para organizar a vida, pois não queria machucar a filha.

O tempo passava.

Eu fui construindo um sonho na cabeça. Ia construindo castelos de areia à beira-mar como se eles fossem reais.

Havia torres, portão, ponte levadiça e uma estradinha que dava para o prédio principal. Dentro dele, eu via a comemoração do dia do meu casamento, naquela atmosfera inebriante de felicidade. O melhor dia da minha vida.

Tudo estava perfeito.

Para poder participar, eu tentava entrar no castelo mas, penetrando-o com as mãos, acabava por destruí-lo.

Tentei segurá-lo, mas ele se desintegrava.

Acabou desmoronando entre minhas mãos.

Eu chorava porque minha construção estava destruída. A festa desapareceu.

Construí outro, também muito bonito.

Dentro dele, Davide e eu, felizes e tranquilos.

Desta vez, sabia que não podia tocá-lo, se não o destruiria também.

Sabia que devia ter cuidado e manter a distância.

Mas choveu.

As gotas começaram a cair aos poucos sobre meu segundo castelo. A única coisa que eu podia fazer era protegê-lo e tentar consertá-lo.

Tudo foi inútil, pois só me restaram as mãos sujas de areia.

Aquele castelo também desapareceu.

Desta vez, a dor foi silenciosa.

Apenas uma pequena lágrima escorreu pelo rosto e caiu sobre a areia. Ali, nasceu uma flor.

Há dias eu me sentia enjoada, com frequentes dores de cabeça. Os seios inchados e a menstruação atrasada.

Fui ao médico e faltei ao turno que estava programado, pois não me sentia apta para enfrentar um voo até Xangai.

Depois de uma ecografia, o ginecologista confirmou que eu estava grávida.

Davide empalideceu. Estava preocupado, mas feliz, emocionado e estupefato, assim como eu.

Aquilo não estava previsto.

Tudo bem

Eu estava de partida para Teerã e preparei a mala com muito cuidado, pois lá precisaria usar roupas muito largas, para que o contorno do meu corpo não ficasse aparente, meus braços e pernas ficassem cobertos.

Em respeito às leis iranianas, eu não podia esquecer de usar um lenço para cobrir o cabelo e a nunca, que prenderia com um grampo para mantê-lo estável e não deixá-lo escorregar para trás. Também seria bom evitar maquiagem muito chamativa e perfumes muito fortes.

Naquele país, as regras são muito severas, assim como as penas em caso de desacato.

Até pouco tempo atrás, o código penal islâmico permitia o apedrejamento de adúlteras e mulheres estupradas, desde que as pedras não fossem grandes demais, a ponto de matar a condenada no primeiro ou segundo golpe. Ainda hoje há pena de morte para os homossexuais, com base nos regulamentos que respeitam a rigorosamente *sharia*.

É um país muito conservador e, se eu não respeitasse a sensibilidade nacional e religiosa, com códigos de comportamento muito rígidos, arriscava ser linchada por delitos como não usar o véu ou não respeitar as normas de vestimenta. A detenção acontece pela famigerada polícia religiosa, responsável pela "prevenção dos vícios e promoção da virtude".

Era nítida a extrema diferente de cultura, tradição e regulamentação entre pessoas que fazem parte do mesmo planeta.

Nunca gostei do radicalismo, prefiro o equilíbrio, que precisa de uma tolerância moderada.

Eu não me lembrava qual era o dia em que as mulheres podiam frequentar a piscina do hotel. Mesmo assim, pus na mala minha roupa de banho e os fones de ouvido.

Corri para levar meu filho para a escola antes de partir.

Eu estava mais tranquila, pois agora Alessandro estava feliz.

Ele vivia tranquilo com a ideia de que agora tinha uma família maior.

Ficava despreocupado quando estava comigo, com o pai e a namorada – que agora viviam na casa onde ele havia nascido e crescido – e os avós. Enquanto eu estava trabalhando, ele vivia naquela casa.

O complexo de Édipo que os meninos sentem em relação à mãe, com um ciúme do pai que se espera passar depois da puberdade, transferiu-se para a mulher de meu ex. Ele me dizia que estava apaixonado por ela.

Um dia, enquanto brincávamos:

"Espelho, espelho meu, existe alguém mais linda do que eu?"

Eu acreditava que todo menino pensa que a mãe é sempre a mulher mais bonita e boa de todo o mundo.

Ouvir que ela era mais bonita foi um soco no estômago. Por sorte, na centésima vez que brincamos disso, acabei me acostumando.

Ele também me confessou que queria se casar com ela.

Meu filho querido preferia as loiras com sotaque, e eu evitei comentários maldosos, pois só fariam mal à ingenuidade dele e revelariam meu ciúme.

Alessandro queria que todos nós vivêssemos juntos na mesma casa.

Ele continua desejando que os pais reatem a relação e reconstruam a família original; não perde nunca a fantasia da reconciliação.

Mas um dia ele vai crescer e compreender.

Davide, no entanto, ainda não havia deixado a casa da esposa.

Eu partia, depois retornava, nós nos víamos e nos falávamos, mas ele sempre precisava sair para trabalhar e, depois de uma briga, eu partia mais uma vez.

Os aeroportos eram todos iguais, mas todos diferentes, e fui descobrindo aos poucos as particularidades de cada um. O aeroporto não é apenas um lugar de passagem. Em uma época de viagens de bate e volta e trabalhadores nômades, tornou-se um lugar onde parar e relaxar enquanto se espera a partida.

No aeroporto de Barajas em Madri, especializaram-se em tratamentos express, como massagens de 25 minutos para melhorar a circulação.

No Terminal 1 do Heathrow em Londres, existe uma ala com área para descansar e cabines para tratamentos corporais específicos para pescoço e coluna, além de hidratações para preparar a pele para o voo.

No aeroporto de Viena, existe um espaço de meditação com luzes e aromas que vão mudando ao longo do dia.

Em Zurique, fazem festas de aniversário para crianças.

No JFK em Nova York e no Charles de Gaulle em Paris, existem academias abertas 24 horas por dia.

Em São Francisco e Dallas, existem salas de yoga entre os portões de embarque.

Em Milão, existe uma clínica de beleza. Em Pisa, um cabeleireiro ajusta os penteados destruídos durante o voo.

No aeroporto de Bari, existe uma pista de corrida e, em Roma, uma clínica com massagens holísticas, cromoterapia, musicoterapia e lâmpadas solares.

No aeroporto de Amsterdã, existe um cassino.

Na boate *Night Flight* do aeroporto de Munique, as festas vão até de manhã.

No terminal de Dubai, existem espaços para descansar e no Gatwick, em Londres, um hotel oferece cápsulas climatizadas para relaxar a qualquer hora.

O aeroporto de Abu Dhabi tem um campo de golfe com 18 buracos.

No aeroporto de Singapura, existe uma linda sala de jogos para crianças, com piscina e cinema.

Na ilha de Ibiza, famosa pela vida noturna, foi aberto o primeiro *Dance Club Lounge*, com uma seleção dos melhores DJs do momentos e uma pista de dança com vista para a pista de pouso e decolagem.

Eu andava pelo mundo e vivia minha vida. Talvez minha vida fosse vivida pelo mundo.

Em alguns momentos, eu não me sentia capaz de discernir entre os dois.

Voo Nápoles-Nice

O som do alarme, sempre pontual para alguns, nunca tem o mesmo horário para uma aeromoça. Isso às vezes é desestabilizante. Assim que o ouvimos, não sabemos onde estamos, com quem estamos, em que fuso horário ele toca. Podemos estar até em casa.

Eram 05h15min da manhã quando o telefone tocou.

— Alô?

— Bom dia, este é o serviço de despertar. Desejamos um bom dia. *Good Morning, this is your wake up, we wish you a pleasant day!*

— O quê? Desculpe, com quem eu falo? Acho que não entendi.

— Bom dia, este é o serviço de despertar. Desejamos um bom dia. *Good Morning, this is your wake up, we wish you a pleasant day!*

— Alô. Quem fala?

A mensagem automática continuou repetindo a mesma frase.

Onde será que eu estou?

Eu me perguntava isso com frequência.

Abri os olhos e tudo estava escuro. Tateei em busca da mesa de cabeceira e algo que me ajudasse a encontrar um interruptor.

Tentei reconhecer o hotel antes de qualquer outra coisa.

As cortinas estavam fechadas, portanto eu não conseguia ver a rua. Eu sequer sabia se era manhã, tarde ou noite.

Eu estava na Itália? Europa? América do Norte?

Eu tinha certeza de que estava em um Sheraton, pois reconhecia o estilo e a cor inconfundíveis das cobertas que eu sempre pegava do armário, já que tinha dificuldade de regular o ar condicionado, sempre frio demais para mim.

A caneta do hotel sobre a cômoda ajudou a identificar a cidade.

— Claro, estou em Nápoles!

A pizza e o espaguete da noite anterior ainda estavam no meu estômago, que já estava sensível por causa do fondue que comi em Turim dois dias antes.

Percebi que eu tinha pouquíssimo tempo.

Parecia que o botox que fiz no mês anterior já não estava mais lá. A cara amassada pelo travesseiro demorava a desinchar, mesmo com os melhores antirrugas disponíveis.

Aquela palidez amarelada aparecia embaixo da base.

Eu precisava de um café… duplo.

Era quase tudo automático.

Vesti-me com pressa, pois tinha tomado banho logo antes de dormir.

Maquiagem leve, mala pronta, última checagem na meia-calça e uma última volta pelo quarto para me certificar de que não esqueci nada. Quase esqueço dos anéis no banheiro.

Desejei bom dia a toda a tripulação.

Àquela hora, não queria ver ninguém.

Faríamos três rotas: Nápoles-Nice, Nice-Nápoles, Nápoles-Roma, e finalmente poderia dormir na minha cama, com estrutura e colchões rígidos e travesseiros macios, abraçar o gato e continuar a ler o livro que esqueci em casa na pressa de sair.

Àquela hora da manhã, os passageiros estavam todos mais relaxados, com sono e meio lentos.

— Bolacha doce ou salgada?

— Sim.

— Chá ou café?

— Sim.

— …

Eu repetia a pergunta, reforçando o "ou".

E sugeria aos japoneses onipresentes, que insistiam em tentar falar minha língua, que deveriam pronunciar "água" e não "agúa". Ou, em caso de urgência ou muita sede, que seria melhor falar inglês.

Todo voo tem uma surpresa.

Entre os membros da tripulação, logo se estabelece um tom de intimidade, trocamos revelações íntimas e conselhos e contamos sobre nossas vidas, mesmo depois de poucas horas de convivência.

Acabamos por nos abandonar em confidências imprudentes, sem inibição, sem reserva.

É muito estranho, mas é sempre assim, como se fosse uma terapia pré- e pós-decolagem. Naqueles momentos, não existem segredos.

Nessas conversas, estabelecemos relações privadas muito intensas. Tudo é claro, verdadeiro, nu e cru.

Não há meios-termos ou amigos em comum, segredos ou medo de ofender alguém, pois nunca contamos o nome dos outros personagens de nossas histórias.

A opinião do outro é objetiva, sem escrúpulos, sincera e distanciada.

Chamamos isso de coleguismo, um sentimento único e especial que afaga nossas vidas solitárias, que desafoga mágoas em momentos de dor, nos trata com benevolência e iguala dias perigosos e pesados, como estar em Tel Aviv durante um ataque terrorista, a outros despreocupados, como nas Maldivas.

É comum que nos tratemos como velhos amigos, pois estamos ligados a um fio invisível que ajuda a seguir nos momentos difíceis. Acontece de passarmos o natal e o ano novo em algum lugar pelo mundo, mas tudo fica mais fácil se encontrarmos um colega que ajusta o lenço, aperta o nó da gravata, tira um cabelo solto que ficou no casaco, avisa com discrição que os dentes estão sujos de batom, fecha o último botão da jaqueta, leva uns *croissants* quentes para os voos muito longos ou uma *foccaccia* feita em casa para lanchar, acompanha até o quarto de hotel se você estiver se sentindo mal, oferece um chazinho nas longas noites de conversa no *galley*.

É desse jeito que sair de casa de madrugada, no auge do inverno, para fazer uma série de voos intermináveis em muitos fusos horários diferentes, ou sair de casa com o filho chorando, não nos tira o sorriso por completo. O sorriso volta ao rosto assim que encontramos os companheiros, aqueles rostos amigáveis que ajudam nos momentos difíceis, que nos apoiam nos momentos de dor e fraqueza, que dão conselhos, confiança, intimidade. Horas passadas acordados, contando as histórias da vida, enquanto os passageiros dormem ou veem um filme. Festinhas surpresa para comemorar o aniversário de um tripulante rapidamente. Um cafezinho passado na hora para ajudar a ficar acordado. Risadas, lágrimas, dúvidas, revelações, conversas, confidências, uma relação permeada pelo cansaço, com um ritmo frenético, mas que nos dá a sensação de que nos conhecemos desde sempre.

Apenas quem faz o que nós fazemos pode compreender a cumplicidade e solidariedade que se criam dentro de um avião.

Todos vamos voltar à vida pessoal, mas lembraremos com carinho os momentos que passamos juntos.

Um compartilhamento de experiências e emoções sem filtros ou segundas intenções.

Eu me lembro como se fosse ontem as confidências que trocamos eu, Roberta, Claudia, Emiliana e Francesca. Roberta amava a Tunísia e dizia que sempre encontrava com seu amigo Samir, um beduíno que trabalhava como guia turístico em oásis no deserto. Ela o descrevia como um homem forte e maduro apesar de seus 27 anos.

Claudia conhecem Marcel em Zanzibar, durante a estada de um voo fretado.

Ele era caçador de tubarões e a seduziu com seus cabelos loiros e o porte musculoso. Os pais eram franceses.

Emiliana sempre pedia para ficar com os voos para Londres, pois amava Richard, um homem com mãe jamaicana e pai inglês.

Francesca ia e voltava de Nova York porque estava apaixonada por um soldado americano que já esteve em missão em uma base militar na Itália. Para aguentar o cansaço, tomava pó de guaraná. Sentia vontade de largar sua vida e se casar com ele.

Quando estávamos próximos da decolagem, Barbara, uma colega que havia conhecido no dia anterior, sorriu para mim.

Tinha um jeito afável, os cabelos pretos e uma pinta no buço.

Percebi que queria me dizer algo, parecia que confiava em mim.

Perguntou baixinho se eu estava percebendo algo de estranho.

Depois de verificar a cabine, os sinais de emergência, os cintos dos passageiros e de me certificar de que não sentia nenhum barulho ou cheiro preocupante, avisei a ela que tudo parecia bem.

Ela me disse que acreditava em anjos e que, embora fosse difícil percebê-los, pois são invisíveis e silenciosos, garantiu que estávamos rodeados deles, que o avião inteiro estava cheio deles, pois cada pessoa vem acompanhada de seu anjo da guarda.

– É, pode ser, mas não sei... – disse, mas ela parecia aborrecida.

Ela se sentia privilegiada porque os anjos lhe davam sugestões e conselhos.

Barbara não tinha filhos, embora os quisesse muito. Escondia esse desejo embaixo de uma aparente indiferença quando falava disso.

Contou-me que havia se tornado muito religiosa e que nunca deixava de ir à missa, mesmo quando se sentia mal, cansada ou em viagens a trabalho.

Não importava se estivesse na França ou na Alemanha, nem que não conhecesse a língua em que a missa era rezada, sempre encontrava um jeito de comparecer.

Confessava-se toda semana e preferia sempre encontrar um confessor diferente, pois sempre sentia vergonha de admitir já ter tido relações sexuais antes do casamento.

Eu não sabia o que dizer a ela. Às vezes as pessoas têm opiniões diferentes sobre assuntos, e não é fácil expor essas diferenças. O voo seguiu.

Elena estava radiante. Havia pedido para voar junto do primeiro oficial, depois que trocaram olhares em um voo e sentirem algo especial um pelo outro. Trocaram algumas palavras em uma estada em Dublin. Ela era o que muitos na indústria da aviação chamam de "Maria Piloto", algo comum entre as mulheres.

Muitas de minhas colegas tendem a se relacionar com pilotos e comandantes, desdenhando seus pares do sexo masculino e, inevitavelmente, causando-lhes inveja e ciúmes. Aquelas abotoaduras douradas sobre as mangas azuis do terno, aquela águia de ouro de asas abertas sobre o peito esquerdo têm um forte poder de sedução, mas o que não se sabe é que os pilotos só falam de aviões e futebol na presença de mulheres, e delas na sua ausência. Posso garantir que é extenuante ouvir dois pilotos falando sem parar sobre os brevês, ultraleves, atestados, loopings, motores, abas e trem de pouso. Talvez seja melhor mesmo falar sobre as quartas de final do campeonato europeu.

Ele disse a ela que não costumava agir daquela forma, mas, antes de se despedir, na pressa de voltar para casa, perguntou se poderia ligar para ela para se conhecerem melhor e continuar aquela breve conversa que começaram.

Ela me contou isso tudo em menos de 10 minutos, pedindo conselhos sobre aonde ir jantar quando chegássemos ao destino.

De repente, uma senhora deu um grito sufocado. Não conseguia falar e ficou azul, parecia que estava sufocando. Ela respirava com dificuldade, fazendo muito barulho. Logo começou a tossir.

Ela pôs as mãos sobre o pescoço, e me dei conta de que ela podia ter engasgado, e suas vias aéreas estavam obstruídas.

Tentei acalmá-la. Abri sua boca, mas não vi nada preso na garganta. Pedi que ela se levantasse, virei-a de costas para mim e fiz a manobra de Heimlich.

Algumas castanhas voaram pelo corredor e as vias aéreas da senhora se desobstruíram. A coitada voltou a respirar e se sentiu melhor em seguida.

O comandante informou que haveria atraso na aterrissagem, devido ao forte tráfego aéreo no aeroporto de destino.

Começaram as primeiras lamentações, e precisamos informar aos passageiros que não adiantaria de nada tentar fazer a torre de controle em Bruxelas mudar de ideia.

Eu compreendia bem o inconveniente, pois também iria perder a consulta no dentista que marquei para meu filho e que ninguém poderia comparecer por mim.

Durante a aterrissagem, pus meu cinto de segurança depois de verificar que todos os passageiros haviam feito o mesmo, que as poltronas estavam na posição vertical e que as mesinhas estavam recolhidas, que as saídas de emergência estavam desobrstuídas e que ninguém estava usando aparelhos eletrônicos.

Depois que as portas se abriram, despedi-me de todos olhando nos olhos, com um tom cordial e respeitoso.

Alguns passageiros não responderam, irritados com o inconveniente causado pelo atraso. No trânsito, enquanto a equipe de limpeza estava no avião, eu comia um sanduíche que parecia feito de plástico. Uma colega ficava me perguntando:

— Vamos embarcar?

A primeira rota passou. Eu iria chegar em casa cansada, com os pés e as pernas inchados. Seria melhor nem me olhar no espelho e deixar aquele inchaço pós-voo na imaginação. Decidi me preocupar com aquilo após algumas horas de descanso com o pé elevado e pelo menos 24 horas sem meus saltos. Durante o voo, a pele parece mais seca e desidratada, e as imperfeições ficam mais aparentes. Em compensação, o cabelo fica mais macio e brilhoso.

Eu sabia que, depois de terminar o turno, meu cérebro passaria para a modalidade "fome" imediatamente. O conflito que surgiria seria decidir o que comer: um caldinho de frango para reidratar e repor nutrientes ou uma pizza de pepperoni?

Seguir as razões do coração ou da razão?

Enquanto o avião estava em trânsito, durante poucos, mas maravilhosos minutos, tirei os sapatos que sempre acabam apertando e que, exatamente por isso, sempre acabo comprando um número maior.

Beatrice

Vou chamá-la Beatrice.

Ela conseguiu escapar, apesar de tudo, e se formou com força em meu ventre. Manteve-se firme e começou a existir.

Seu coração batia, e eu sentia sua presença. Eu sentia que seria uma menina.

Não dei chance para aquela pequena alma começar a viver. Aquela vida que começava a crescer teria trazido alegria aos pais, mas também dores e traumas, mudando radicalmente todos os aspectos da vida, não apenas a minha.

A ecografia mostrava um feijãozinho em meu útero.

Seguramente já tinha uma personalidade forte e um corpinho de poucos milímetros, com olhinhos que logo se formariam.

Beatrice foi embora enquanto eu dormia, anestesiada por um enfermeiro despreparado que furou várias vezes meu braço inchado enquanto tentava achar a veia que parecia fugir a seu tato insensível.

O quarto era frio e sem cor. Eu tremia, não sei se pela temperatura baixa ou de medo.

Minhas pernas estavam abertas sobre uma estrutura de aço, me deixando em uma posição constrangedora.

Outras clientes-pacientes faziam fila na mesma sala, esperando sua "limpeza de útero", que é como o médico descreveu o procedimento, sem nenhum tato ou delicadeza, enquanto me revistava com suas luvas de látex.

Eu só queria que aquela anestesia fizesse efeito logo, na crença de que com ele esqueceria o amor que poderia sentir pela Bea.

Ela foi embora e, no torpor da anestesia, parece que senti sua presença.

Em vez de "limpa", acordei me sentindo ensanguentada.

Tomei o direito de decidir sobre uma vida que não era minha, eximindo-me da responsabilidade com base em uma lei.

Homicídio doloso?

Eu precisava de tempo para acertar as contas comigo mesma, defendendo um direito de escolha legitimamente conquistado pela mulher.

Uma escolha difícil.

Não bastou um banho para me limpar de tudo aquilo.

Para as pessoas naquela clínica, aquele era só mais um dia de trabalho que esperavam terminar logo para poder voltar para casa. Ninguém parecia interessado no que o ginecologista havia feito.

Percebi que não havia nenhum apoio psicológico ou moral naquele lugar, o que seria importante para um momento como aquele.

Os trabalhadores preparavam as mulheres em série, sem nenhuma consideração. Não pareciam se importar com a angústia que aquela decisão causava. Uma decisão tomada muitas vezes com pressa, sem muita convicção. Mulheres que frequentemente enfrentam incontáveis problemas e atormentadas pelo impressionante desenvolvimento semanal do feto, que já tem forma desde o primeiro dia.

O único que demonstrou um pouco de interesse foi o enfermeiro que me pediu para tirar a calcinha, que me olhou fixamente nos olhos e depois deu uma olhada em minhas nádegas.

Ao voltar para casa, tomei os antibióticos e o procedimento terminou.

Voltei a voar depois de algumas semanas. Parece estranho, mas quanto mais eu passava tempo em casa, mais eu sentia saudades de voar. Parecia uma droga. Sentia falta dos *briefings*, do embarque, dos passageiros, até daqueles que pedem o copo d'água para o remédio, ou a coca-cola com suco de laranja, ou o café com dois pacotinhos de leite e cinco de açúcar, ou o chocolate frio.

Eu queria levar meu filho comigo na primeira viagem que fiz depois da licença, que foi para Accra, a capital de Gana. Não pude, pois ele não era vacinado contra febre amarela. Além disso, eu temia que ele pudesse pegar malária. Mas prometi que, quando fosse maior, visitaríamos juntos todos aqueles lugares selvagens, pois ele era um grande amante da natureza e tinha o espírito aventureiro como eu.

Tudo fica mais claro

Era um lindo dia de maio.

Um domingo que eu iria passar junto de meu filho.

Eu fazia todos os malabarismos possíveis para conseguir trocas de turno e dias de folga, para que pudesse estar presente nos momentos mais importantes e conseguir pequenos espaços de tempo para cuidar de mim.

Quinta em Miami, terça em Nova York. Se eu conseguisse chegar a tempo de Paris, conseguiria jantar em Roma com meu filho na sexta-feira.

Eu me dividia entre a vida de "mãe normal", com escola, contas, professoras, doces, cozinha, TV, sofá e festinhas de criança, e a vida de uma mulher que viaja pelo mundo.

Nem eu acreditaria na vida que tenho se não a vivesse.

Eu conciliava família e trabalho e corria atrás do homem que acreditava amar.

Eu precisava estabelecer regras, pôr limites e tomar as rédeas de minha vida. Precisava parar de seguir apenas o coração e tentar permitir que a cabeça tomasse parte das decisões.

Mais um verão chegava e, como sempre, decidi passar alguns dias na Sicília.

Em julho, sou levada para o hospital de Catânia com urgência.

Teria sido melhor ir para a praia, mas eu estava sentindo minha respiração um pouco ofegante e um peso no peito, portanto decidi fazer um exame no posto de saúde que ficava perto da praia. Na hora, aquilo pareceu exagero.

Eu pensava que era só um resfriado bobo que se resolveria com uma aspirina.

Depois dos exames, descobriram que meu pulmão esquerdo estava entrando em colapso, que o coração estava deslocado para a direita e que a artéria pulmonar poderia romper de uma hora para outra.

Diagnóstico: pneumotórax.

Era necessário operar imediatamente, pois eu tinha poucas horas de vida naquelas condições.

Minha vida estava em risco e, naquele momento, mostrou toda sua fragilidade.

Deitada sobre a maca que me transportaria à sala de cirurgia, eu estava incrédula. E ainda estava com a roupa de banho.

O primeiro que veio correndo foi meu pai, que, preocupado, fez de tudo para me ajudar.

Eu entrevia seus cabelos brancos, sua pele enrugada e as mãos cheias de sinais de idade. Meu pai era uma demonstração de que o tempo é inexorável, embora ele ainda tivesse a mesma força vital de sempre.

Olhei em seus olhos e percebi que eles reluziam, cheios de lágrimas.

Suas mãos trêmulas de nervoso me acariciavam gentilmente.

Como eram diferentes das mãos que eu lembro de minha infância, que me batiam injustamente.

Só naquele momento descobri que aquelas surras estavam cheias de atenção e preocupação com a filha que crescia. Era o modo dele de me defender das dificuldades da vida.

Disse a ele algo que poucas vezes consegui dizer antes:

— Te amo, pai.

Antes que a anestesia começasse a fazer efeito, só pude ouvi-lo dizer:

— Até logo.

Esse acontecimento mostrou que a vida é breve, então era tempo de tomar decisões.

Durante a recuperação, consegui abrir minhas gavetinhas emocionais, olhá-las e escutar o que elas tinham a dizer com atenção e carinho.

Revisitei minha vida inteira, dos momentos mais felizes aos mais dramáticos.

Vi os erros que cometi e fiquei com vontade de me recuperar para retomar as rédeas de minha vida, que corria solta pelo mundo.

Antes era difícil tomar algumas decisões, mas agora ficou mais simples.

Fui proibida de voar durante um período, pois meu pulmão não resistiria ao estresse. Só poderia ver as ilhas longínquas que eu amava em livros e filmes.

Durante um tempo indeterminado, os médicos prescreveram que eu mudasse radicalmente meu estilo de vida. Que eu não fizesse mais esportes, que eu não corresse o risco de pegar sequer um resfriado, que eu não pegasse peso, que eu fizesse exames regulares, com reabilitação no hospital. Ademais, depois disso tudo, precisaria fazer mais um procedimento cirúrgico.

Segui todas essas regras.

Não adiantava sentir raiva. A dor era grande, a verdade, imutável.

Há lágrimas no coração que não chegam aos olhos, e é difícil confrontar-se com os próprios limites e aceitar a impotência.

Meu filho, ao se dar conta da gravidade da situação, disse para eu não me preocupar, pois se eu fosse ao paraíso, a companheira do pai seria sua nova mãe.

Tive dificuldade de reprimir meu olhar fulminante, mas gritava na minha cabeça a verdade inegável de que só temos uma mãe.

Agradeci à Mãe Natureza por ter me dado tanta paciência e amor com meu filho e me perguntei se Alessandro era assim insensível ou se aquilo era um problema da idade.

Davide veio me ver na Sicília. Quando o vi, percebi que não queria mais interferir em sua vida.

Que seguisse seu caminho de pequenas e grandes mentiras, o que para ele já havia se tornado um hábito, com uma mulher que não fosse eu.

Nada mais a acrescentar ou esclarecer.

Ao tomar essa decisão, parecia que meu corpo estava pesado como o chumbo. Os braços e as pernas estavam paralisados, mas eu me sentia mais leve.

Eu ainda tinha muito que construir na vida e ainda acreditava que é melhor amar e perder do que nunca ter amado.

Às vezes aquilo que nos acontece parece banal, ordinário, medíocre para os outros, mas nós percebemos como algo exclusivo e raro. No fundo, a vida de todos nós é única e especial e faz parte de um projeto universal que se chama vida.

Oito meses mais tarde, depois de eu ter me recuperado completamente, Davide deixou a mulher.

Tivemos uma reaproximação.

Estávamos felizes, e ele sempre me trazia o café na cama.

Todos os dias, dizia que era muito apaixonado por mim.

Ele era o homem que eu queria continuar amando para o resto da vida. Nunca o trairia.

Eu estava apaixonada por ele.

Sem sombra de dúvida ou incerteza.

Sem nem precisar me perguntar se era isso mesmo que eu sentia.

Alessandro parecia tão feliz quanto eu. Finalmente tinha um bom amigo para brincar e uma mãe sorridente.

Será que isso duraria?

Ao olhar em seus olhos, acreditava que sim, mas estava enganada mais uma vez.

Que mulher tola, que mulher iludida, que mulher ingênua.

Uma mulher frágil que se sente invencível e se convence que é forte porque tem o apoio dos sentimentos, da sinceridade, do carinho, do bom gosto, da educação e dos olhos azuis dele.

Acontece que, quatro anos mais tarde, ao levar meu café na cama, me olhando com carinho, Davide me disse que já não se sentia mais como antes, que a magia inicial havia desaparecido. Será que outra pessoa seria capaz de me dizer que sou uma idiota com mais veemência do que aquela voz na minha cabeça que não parava de repetir o mesmo?

Ele separava a vida dele em pequenos compartimentos separados uns dos outros. Podia agir de um jeito com uma mulher e virar uma pessoa completamente diferente com outra. Davide, sempre desonesto, aproveitava as relações com os outros, mas via as parceiras como uma figura acessória da própria existência; tinha um radar que captava pessoas em momentos de fragilidade, como eu.

Eu pensava que fosse sua princesa. Até era, mas não sabia que ele tinha um harém.

Seus amigos e conhecidos não conheciam todas as partes de sua vida. Ele mentia para satisfazer a necessidade de admiração. Não tinha um pingo de humildade.

Fui descobrindo diversas traições e mentiras.

Fui descobrindo aos poucos o nível da falsidade e desonestidade dele. Percebi que algumas joias minhas haviam desaparecido, inclusive a aliança de casamento e o anel da minha avó Amalia.

Só ele tinha a chave de casa e sabia do meu porta-joias escondido.

Gritos mudos e voluptuosas risadas surdas que eu escutava com cinismo, que eu não direcionava mais ao destino, mas a mim mesma.

Nenhum lamento inútil poderia aliviar minha dor.

Não havia palavras que pudessem me acalmar naquele momento.

Meus sonhos aterrissaram bruscamente na pista da realidade, despedaçados pela gravidade dos fatos.

Ele desapareceu, e eu não tive a chance de agradecer, porque eu finalmente estava salva. Finalmente deixei de acreditar em contos de fadas.

Before flight

"Estou atrasada e preciso fazer a mala rápido. As calças que prefiro usar ainda estão no varal, e o sapato que peguei ontem acabou embaixo da cama. Já é a segunda vez que eu esqueço as meias-calças.

Será que eu peguei o transformador para a bateria do celular?

Não, em São Paulo ele não serve. Ou será que sim? Vou levá-lo mesmo assim.

Preciso me lembrar de levar uma sombrinha da minha coleção enorme, pois assim posso chegar no hotel seca e sair para passear apesar do clima imprevisível da cidade.

Hoje os cabelos estão indomáveis, e esses grampos não estão dando conta.

Por que eu fui cortar o cabelo tão curtinho de novo? Quem sabe não aliso eles um pouco. Pode ser que seja bom, com toda essa umidade...

Espero não ter esquecido nada. Ah sim, o livro que eu estava lendo e a revista da semana passada que não consegui terminar".

— Anna, você nunca fica assim nervosa quando precisa sair. Tudo bem? – perguntou Valentina, que veio me visitar antes de ir para a academia.

— É, geralmente não sou tão calma também. A adrenalina que bate antes de sair, antes de cada voo, antes de cada viagem. Estou indo para São Paulo. Passei alguns dias com Davide lá e, apesar de fazer muito tempo que eu não tenho notícia dele, penso nele em algumas circunstâncias. Tem algumas coisas que parecem insignificantes para os outros, mas que me lembram dele. E essa raiva não passa.

— Davide? O príncipe ladrão? Mas você não disse que ele estava morto para você?

— Sim, ele morreu para mim, e é como se uma parte de mim também tivesse morrido, mas ainda guardo algo dele, de sua forma de encarar a vida, da teimosia e aquele sangue-frio ao encarar os riscos da vida. Morreu e já foi enterrado!

Eu disse isso enquanto fechava a mala que Davide e eu havíamos comprado juntos em Miami. Eu pensava naquela jantinha no restaurante perto do metrô em Nova York onde comemos caranguejo, batatas fritas com queijo derretido e uma caipirinha.

— Morreu!

— Eu nunca gostei de caipirinha de maracujá. Aquelas sementinhas amargas que grudam no dente…

— Odeio!

— ???

Eu preferia não ver a expressão nos olhos de Valentina, para não imaginar o que ela estava pensando.

Aquele sentimento ainda me permeava. Era uma doença crônica que não me deixava em paz, um texto escrito à caneta na minha alma.

Não se pode fazer nada além de rabiscar cada palavrinha até que tudo fique ilegível. O problema é que eu sei o que está escrito embaixo.

Eu ainda sofria por causa de um fantasma, por aquele homem que descobri nunca ter existido.

— Ele decidiu não amar, não construir uma vida com uma mulher só. Comprovou que não é capaz de amar e agora já deve estar enganando alguma outra coitada, que é o que ele sabe fazer bem. Vai atrás de pequenas aventuras, viagens e só — disse Valentina.

— Sim. Ele me disse que eu fui uma das melhores viagens que ele fez.

— Babaca — disse Valentina.

— Babaca! — respondi. — Vou embora, senão vou me atrasar.

— Ele está em busca constante de validação. A figura materna da esposa o tranquiliza e protege como uma mãe de que ainda precisa. Lacan chamava de *jouissance*, um termo que descreve a alegria ligada à necessidade de se sentir seguro com algo que já conhecemos — respondeu Valentina.

— Vale, vou embora. Você vai estar aqui quando eu voltar?

— Sim, vou te fazer um café da manhã gostoso. Já tenho todos os ingredientes para um café americano, com *waffles* e panquecas.

— *Adiós*, amiga.

No caminho para o aeroporto, uma moto me ultrapassou em alta velocidade.

A tripulação já estava reunida, e o comandante nos chamava para embarcar.

Eu não estava com sono, embora fosse um voo noturno, porque tinha descansado o suficiente. Além disso, não via a hora de chegar, relaxar na cama do hotel e passar naquele centro de estética onde faria uma escova progressiva.

Depois da autorização para embarcar, pus a jaqueta e fui até a zona que me foi designada para ficar durante o embarque dos passageiros.

Muitos passageiros, muita bagagem.

Tentei ajudar na organização como pude.

– Não, senhora, o cachorro não pode ficar no compartimento superior. Ele é só para as malas. Não importa que a casinha seja de plástico, a senhora deve colocá-lo no chão, próximo a scus pés. Tem espaço suficiente para isso a sua frente.

Depois de colocar o copinho de plástico com gelo e um resto de coca no assento, a senhora não sabia o que fazer com seu peludinho, que viajava com ela pela primeira vez.

Durante a decolagem, a chamada insistente de um passageiro me obrigou a tirar o cinto para atendê-lo, caso fosse uma emergência.

Ele precisava de um guardanapo para jogar fora o chiclete que não queria mais mascar.

Finalmente decolamos.

Olhei pela janela e vi minha cidade à distância, com todos seus moradores, todos os meus problemas que eu queria deixar lá mesmo. Joguei todos pela janela para que se estilhaçarem no asfalto cinza da pista de decolagem.

Um amor usurpado, um amor de plástico.

Quantas coisas passavam pela minha cabeça naqueles pequenos momentos de pausa, em que eu esperava o café ficar pronto.

O rio da felicidade passada convergiu com o do rancor e desaguou no mar da indiferença.

Foi assim que consegui mudar meu final. A Branca de Neve decide acordar do longo sono, a Cinderela jogou fora seus sapatinhos de cristal, pois descobriu que caminhar descalça é muito mais confortável, e o idiota que lhes parecia um príncipe virou um sapo.

In flight Roma-Joanesburgo

– Teremos uma forte turbulência logo após a decolagem. Portanto, permaneçam sentados, com o cinto de segurança afivelado até segundo aviso. Eu recomendo que os passageiros não se levantem dos assentos e que vocês atrasem um pouco o serviço de bordo, pois há previsão de fortes temporais no trajeto inicial.

Foi assim que o comandante se despediu da tripulação quando entrou na cabine para fazer o *check-up* antes de partir.

Estávamos voando para Joanesburgo, e eu estava muito feliz de poder admirar a lua esplêndida que só a África pode mostrar em toda sua grandiosidade.

Eu queria mergulhar na natureza e fazer um safári no Parque Kruger, o parque mais antigo e famoso do mundo, onde os animais andam livres. Lá, eu poderia dividir meu café da manhã com os babuínos que moram no oásis ao lado da piscina do hotel em companhia de um livro de Hermann Hesse.

Susana, minha colega de trabalho, estava com a cara feia e não queria falar com ninguém.

Estava usando um sapato em desacordo com o regulamento da empresa.

Ela sempre foi um pouco rebelde.

O voo estava com a metade da ocupação total e, assim que foi finalizado o embarque, os passageiros começaram a olhar para as filas de poltrona vazias para poder se espalhar, colocar a jaqueta e a bagagem ao seu lado.

Os diversos assentos livres na primeira classe também foram cobiçados. No entanto, as muitas tentativas silenciosas dos passageiros da econômica de ocupá-los – mesmo aqueles justificados por dores nas costas e febre – foram recusadas pelo chefe de cabine.

Luca organizou o *galley*. Susanna e eu verificamos as refeições da tripulação, e Anita estava prestes a abrir uma marmitinha que trouxe de casa.

Alessandro, no *galley*, convidou-me para tomar uma coca *light*, enquanto me contava da dieta que estava fazendo. Nicola cantou uma música para mostrar sua voz depois de nos contar sobre sua paixão pela música, pela guitarra, e sobre sua experiência como músico nos palcos italianos. Enquanto isso, nos ofereceu os bilhetes em pré-venda para seu próximo *show*.

Cristiano sabia tudo sobre todos e aconselhava que era sempre bom ligar para casa para avisar que vai voltar mais cedo, pois nem todas as surpresas são agradáveis.

Tinha uma memória de elefante e, com grande riqueza de detalhes, começou a contar sobre as fofocas e os novos escândalos da tripulação.

O sistema informal de comunicação funciona da seguinte maneira: quando queremos que alguma notícia se espalhe, como uma acusação contra alguém, basta comentar com alguém de forma casual, mas explícita e cheia de insinuações.

É um método pouco ortodoxo, mas comprovadamente eficaz. Funciona como uma espécie de periódico aéreo do boca a boca, algo de outro tempo, como os trovadores que viajam de cidade em cidade e narram suas histórias. Às vezes as notícias são escritas e anônimas, sem assunção de responsabilidade. Os comentários raramente são objetivos, assim as fraquezas humanas deslizam por estúpidas correntezas.

O voo transcorre serenamente. Ao ser acordada pelos colegas de um breve repouso, embora seja o meio da noite, estou pronta e sorridente, mas antes de enfrentar os passageiros preciso passar no banheiro para retocar a maquiagem, arrumar os cabelos, escovar os dentes e pingar uma gota de perfume.

Estávamos nos aproximando do destino. Depois de terminar o último serviço de bordo, começamos a pôr os carrinhos nos lugares e a arrumar o *galley*.

Um passageiro nos chamou assustado porque seu vizinho parecia mal. Ele havia pedido ajuda, parecia confuso, suado e sem ar, com uma dor no peito.

Ele estava desacordado, não se mexia e tinha os olhos fechados e a boca aberta, imóvel.

Preocupada, sacudi o passageiro, perguntando se ele conseguia me ouvir. Eu gritava para tentar acordá-lo, mas o único movimento que ele fazia era nos olhos.

Alessandro logo foi buscar um médico a bordo. Enquanto isso, Luca e eu deitamos aquele corpo no corredor.

A falta de agilidade em um situação dessas pode ser fatal, e um atendimento rápido pode salvar uma vida.

Verifiquei os batimentos do coração, mas não estava batendo. Tudo fazia crer que o homem teve um ataque cardíaco. Se o fluxo sanguíneo não fosse restabelecido logo, ele morreria por falta de oxigênio.

Como precisávamos agir rapidamente, ajoelhei sobre ele e comecei a fazer uma massagem cardíaca, como havia aprendido nos cursos anuais de primeiros socorros, com a diferença de que agora meu objeto não era um boneco de plástico, mas um homem em risco de morte.

Sem pausa, sem descanso, com toda a força que eu tinha, comecei a pressionar seu tórax em um ritmo constante e cansativo.

Meus colegas ajudaram com a respiração boca a boca. Cristiano administrou oxigênio do cilindro, até que o médico chegou e continuou a massagem cardíaca.

Anita manteve contato com a cabine de comando, e Susanna ocupou-se de tranquilizar e pedir aos passageiros, que assistiam a tudo preocupados e curiosos, que permanecessem sentados.

Naquele momento dramático, conseguimos nos manter unidos, sincronizados, preparados para a emergência sem a necessidade de organização prévia.

Conseguimos salvar o passageiro.

Ao aterrissar, a ambulância foi chamada imediatamente para atendê-lo, e já o aguardava quando a porta foi aberta. O homem foi levado ao hospital.

Acabou o turno. Cada voo é uma história.

Ao sair do *briefing*, as malas ficam de canto por um momento. Despedimo-nos e voltamos para casa.

A adrenalina continua a mil, e há certa euforia no ar: beijos, abraços, apertos de mão, troca de olhares, um "até a próxima".

Nos cumprimentamos em voz alta depois de compartilhar a vida por alguns dias; depois de compartilhar cansaços, sentimentos, dores, alegrias, refeições, sorrisos, lágrimas e, às vezes, rancores mal resolvidos. Vamos nos encontrar de novo em alguns dias, meses, talvez anos. Alguns vão para casa, outros vão fazer compras; uns chegam em casa sozinhos, outros vão brincar com os filhos; uns telefonam, outros mandam flores; uns cantam alto, outros fazem carinho no gato; uns ligam o computador, outros choram; uns vestem uma calça de moletom, outros saem para comprar um par novo de sapatos; uns vão até a banca, outros se sentam para fumar um cigarro.

Abri a porta de casa e deixei a mala no hall de entrada. Com a cabeça embaçada pelo cansaço, me perguntei se ainda tinha alguma empanada ou *croissant* que Stefania trouxe.

Por sorte, eu estava sozinha; não queria falar com mais ninguém, nem atender ao telefone.

Eu jurei que se atendesse o telefone para receber uma proposta de novo plano de celular, eu soltaria uma grosseria com o atendente. Parecia que eles esperavam eu chegar em casa exausta, tomar um banho e deitar na cama para ligar.

Depois de 14 horas de voo, a primeira coisa a se fazer era tirar a jaqueta e sentar no sofá, para olhar para o teto por 10 minutos, preferivelmente em silêncio absoluto. Eu havia acabado de comer um filé com chicória, lá pelas seis da manhã. A bordo, isso era normal. Tomei um cappuccino.

Finalmente eu estava em casa. Podia dormir algumas horas antes de olhar os compromissos na agenda.

Eu buscaria meu filho de tarde.

Sorri pensando naquele casal de passageiros com mais de 70 anos, viajando de mãos dadas e aproveitando o privilégio que é se amar, apesar de não ser mais jovem; naquele menino que chorava e, depois de receber um carinho, deu um sorriso desdentado; naquela mulher viajando sozinha que ia até o Peru com apenas uma mochila nas costas. Em todos aqueles rostos, aqueles olhos, aquelas vidas de que me aproximei durante algumas horas.

Pensei em Marinella, uma colega de voo que me contou sobre sua vida e pediu opiniões; em Alberto, que não queria colocar o chapéu do uniforme por medo de perder o resto dos cabelos que ainda lhe restavam; em Arianna, que se deixava tomar pelo TOC e organizava as bebidas de acordo com a marca; em Angelica, divorciada e preocupada com a febre do filho que ficou em casa com a babá romena; em Piero, feliz com a compra de um casaco de pele feito sob medida; em Elisa, que queria um segundo filho, mas cujo marido não queria por causa das grandes ausências da dela; em Wilma, cega de amores por um homem nada confiável; em Betta, que aceitava qualquer homem por medo de ficar sozinha, horrorizada com a perspectiva de envelhecer e não ser mais amada por ninguém, mas que finalmente voltou à terapia, o que é bastante comum entre nós viajantes.

Alguns preferem fazer yoga, outros optam por seguir os preceitos budistas ou a exploração da espiritualidade *New Age*, outros ainda se voltam para os livros, e muitos descobriram como a endorfina da atividade física ajuda a lidar com o dia a dia.

As roupas dentro da mala sempre têm o mesmo cheiro de lugares distantes. Elas ficam úmidas por causa da temperatura do cargueiro do avião. Enrolei elas todas juntas e joguei tudo no cesto de roupa suja.

Soltei os cabelos arrepiados e os escovei, mas não quis passar creme no rosto. Antes precisaria fazer uma limpeza profunda para tirar os restos de maquiagem da pele. Para dormir naquela manhã ensolarada, eu precisaria de uma máscara para os olhos.

Pus o alarme para despertar, pois não queria correr o risco de dormir o dia inteiro e ficar acordada de noite.

Valentina havia voltado de Toronto e esqueceu a chave de casa. Convidei para ficar comigo.

Assim que chegou, começou a me contar as novidades, mas antes me mostrou as unhas feitas. Achei aquelas estrelinhas desenhadas um pouco demais.

Deitou-se na minha cama, como nos velhos tempos. A camisa desabotoada, o lenço de pescoço prendia o cabelo, e a saia desabotoada e levantada para cima das coxas, que haviam inchado durante o voo. Acho que ela sempre usou tamanhos pequenos demais.

— Você conhece o Walter Bassotto? — Perguntou enquanto tirava a meia-calça.

— - Sim. Há uns anos jantamos juntos em Boston — respondi, lembrando do tamanho da lagosta que comi naquela noite.

— Pois ele veio no meu quarto uma noite e fez uma massagem nos meus pés. Uma maravilha!

— Que simpático — eu digo, lembrando que ele fez uns elogios aos meus sapatos naquela noite.

— Ele me convidou para a festa de aniversário dele em um bar no centro. Fiquei feliz mas meio confusa, porque ele pediu para eu me apresentar como uma amiga de um amigo dele.

— Com certeza ele vai convidar a namorada também.

— Não sei. Ele nunca me falou de namorada. Talvez você esteja confundindo as pessoas.

— Sim, talvez eu tenha confundido os nomes, mas é melhor não confiar em alguns homens.

Depois de uma conversa curta, ele preferiu se deitar no sofá com a TV ligada, sem assisti-la.

Valentina estava desiludida porque não conseguia encontrar um homem maduro, mas ficou feliz com a massagem que recebeu. Por precaução, no entanto, decidiu rasgar o cartão de visita do massagista.

Local time

Como de costume, uma briga antes da partida.

Por que será que as brigas, os imprevistos e as más notícias sempre vêm um dia antes, ou no próprio dia da partida?

Eva estava exausta naquele dia. Seu futuro marido era muito ciumento, embora negasse.

Finalmente havia encontrado um homem gentil, honesto e generoso. Chegávamos a pensar que era um extraterrestre.

Sorte a dela.

Ela podia se dar ao luxo de ter peixes de água doce, daqueles que precisam comer e ter a água trocada todos os dias, além de flores na soleira, o que era impensável para alguém com o nosso trabalho.

Uma pena que ele não tolerasse as ausências dela de casa e não conseguisse aceitar o trabalho dela, que ele chamava de estranho e anormal.

Eva, sempre tranquila, havia encontrado uma espécie de normalidade com um homem que estava sempre presente, que a respeitava e demonstrava seu afeto por ela.

— Ele é bonito e interessante. Até demais – disse.

Será que ela também estava com ciúmes?

— Ele é ótimo – respondi.

Será que nós mulheres não somos complicadas demais?

Em minha opinião, seria bom que nós compreendêssemos um pouco da teoria junguiana de sombra.

Naquele dia frio de inverno em Roma, eu preferiria fazer uma mala de verão, mas não aceitaram meu pedido de mudança de turno para o Rio de Janeiro.

Eu iria para Osaka. Na bagagem, não faltavam agasalhos e calças térmicas.

O voo decolou no horário exato e, durante o serviço de bordo, um passageiro japonês pediu "miluku" um grande sorriso na cara.

Eu presumi que "miluku" fosse uma palavra inglesa e pedi que ele repetisse.

Como ele insistisse, pedi ajuda para a aeromoça japonesa no voo. Ela explicou que ele queria leite: MI (mi) L (lu) K (ku), *milk*.

Servi o leite um pouco antes de o café esfriar.

Quando chegamos ao hotel, eu estava desnorteada, pois meu último voo havia sido para Nova York, seis horas atrás da Itália, e agora estava no Japão, oito horas na frente. Não sabia se iria atrás de um quiroprata ou se tomava uma melatonina para dormir. Decidi apenas descansar um pouco e logo peguei um táxi amarelo. Não peguei o metrô por dois motivos: queria ver as portas automáticas do táxi e evitar as letras incompreensíveis e as incontáveis paradas do trem.

Fui jantar em um restaurante com sushi, tempurá, guioza e macarrão perfeitos.

No centro, a multidão ia me atropelando, mas sempre se desculpando. Até os carros eram silenciosos como os habitantes. Parecia que eles vinham sem buzina.

Eu não entendia por que as meninas andavam de sainha curta e meias 3/4 , no estilo lolita.

Voltei para o hotel depois de ter comprado uma máscara esfoliante para os pés com aloe vera. Consegui descansar um pouco para me recuperar do cansaço do voo.

Chá verde no quarto, creme para os olhos, tapa-olhos, cortinas fechadas. Desliguei o ar condicionado e todas as luzes. Eu deveria partir de novo no dia seguinte.

Deitada na cama, as pálpebras estavam fechadas, mas os olhos não se desligavam.

Na Itália, era começo da tarde; aqui, noite fechada. No Japão, o hoje já é amanhã.

Não, eu não conseguia dormir. Chegaria no voo completamente destruída.

Li um pouco, depois lavei o cabelo e passei uma pasta preta no rosto que supostamente limpa a pele. Depois, uma pedicure e manicure.

Logo amanheceria, mas o fuso horário italiano me fez dormir. Eu precisaria acordar no meio da noite para o voo matutino.

Em casa dormiria melhor.

Quando olhei pela janela, eram quase 8 da manhã, *local time*, e todos corriam, corriam, corriam.

Meus olhos estavam fundos, meu cabelo estava fazendo uma dobra absurda por causa do travesseiro que pus sobre a cabeça.

Dormi pouco naquela noite, e o molho do *sashimi* caiu mal, mas o piso aquecido do banheiro era maravilhoso, assim como o quimono e os chinelinhos felpudos. Como não prová-los?

A frigideira de ferro que comprei era muito pesada, quase me arrependi da compra, mas sabia que mudaria de ideia assim que chegasse em casa. Eu estava feliz com a faca de cerâmica que comprei para minha mãe.

Enchi uma bolsa com bugigangas de 100 *yens*, como enfeites de natal e meias com cinco dedinhos separados, que são desconfortáveis, mas boas para usar com chinelos. Iriam de presente para alguém assim que possível.

Eu esperava que não houvesse *overbooking* no voo.

Só queria voltar para casa, deitar na minha cama, a melhor, mais confortável do mundo.

Dia de folga

Chegou a hora de partir mais uma vez, e novamente eu começava a sentir uma pequena tensão.

No dia anterior, consegui fazer uma troca de turno: cedi um voo para Tóquio – tenho muita dificuldade com o fuso horário – por um para Buenos Aires. Precisei mudar minhas expectativas em relação ao turno. Na minha cabeça, eu já imaginava o clima frio, as roupas quentes que devia levar comigo, o *sushi* e uma sessão de *shiatsu*.

Mudar de destino assim rapidamente era como precisar resetar o pensamento para me preparar para o tango, o clima quente e a carne.

De repente, estava de volta no avião, naquele tubo de ferro que voa rápido como um raio, onde o tempo tem um significado diferente.

Sempre levo comigo dois relógios, pois os horários de referência para o serviço de bordo se baseiam tanto no horário de partida como no do destino. Durante o voo, é indiferente qual dos dois horários usamos.

Eu estava deitada durante meu turno de repouso. Não ouvi o barulho do avião, pois o ambiente tem isolamento acústico, como um *bunker*.

Nos Boeings 777, ficamos isolados dos passageiros. O acesso a esse espaço de repouso se dá por uma escadinha que leva a uma escotilha no alto, onde há pequenas cabines acolchoadas, com cobertas e cortinas para maior privacidade.

Nesse espaço, é mais difícil de respirar, pois há menos oxigênio. Assim como o tempo, parecia que o ar desaparecia.

Eu me sentia suspensa em uma dimensão paralela com todas as outras vidas daquele avião, que buscava abraçar o mundo com seu curso desenfreado pelo espaço, em cima das nuvens. No entanto, meus pensamentos continuavam em terra firme, junto a quem seguia sua vida no ritmo local, com suas felicidades e angústias. Eu pensava nas carícias que deixei de dar e receber, nos projetos que deixei em suspenso, e em mim, suspensa no vazio.

Deitada na caminha do avião, no escuro e em um silêncio que parecia infinito, sentia as vibrações que a alta velocidade causam. Senti palpável a fragilidade da existência, o imenso mistério da morte e o indecifrável milagre da vida. Pensei no espaço infinito, na colossal imensidão do universo, em todos os seres humanos que participam desse projeto extraordinário, com um início e um fim, que seguem em direção à morte por rotas imprevisíveis.

Pensei na pele macia de meu filho e no amor que eu sentia quando o abraçava antes dele dormir.

Boa noite.

Logo meus colegas me acordariam para o próximo turno. Poria de volta a jaqueta, amarraria o lenço no pescoço, arrumaria o cabelo e retocaria o batom. Assim que pudesse, queria abraçar meu filho, sentir seu cheio e acariciar seu rostinho.

Vinte anos depois

Anna

Anna vive em uma cidadezinha no entorno de Roma, em uma casa com um grande jardim, cheio de flores.

Tem um aquário com peixes vermelhos.

Passou a trabalhar meio-período, duas semanas ao mês. Continua amando as viagens intercontinentais e dançar quando está sozinha em casa.

Anna diz que este ano será o ano de aquário, seu signo, e espera que seus sonhos sejam realizados: sempre gozar de ótima saúde e fazer uma viagem longa pela Polinésia.

Desfruta de todas as alegrias que a vida lhe oferece. A jovialidade emana de seus olhos serenos. Guarda na memória todas as experiência que viveu.

Teve uma vida especial, uma vida diferente da maior parte das pessoas. Viu todo o mundo e mais um pouco. Muitas recordações, flashes, fotos e lugares. Conheceu pessoas de todo tipo, religião, etnia; teve grandes amores e desilusões, mas não vive com arrependimentos – e detesta-os.

Sabe que nada é eterno.

Ludovica

Ludovica casou-se com o namorado de longa data e foi viver em Bolonha, sempre comutando até Roma por causa do trabalho.

Não teve filhos e passa a maior parte do tempo livre viajando com o marido e preparando jantares deliciosos (adora macarrão à carbonara).

Frequenta uma escola de dança e tem a esperança de que o esmalte que compra em Nova York comece a ser produzido na Itália.

Eva

Eva casou-se e teve dois filhos que ocupam muito do seu tempo e frequentam a escola internacional.

Decidiu começar a trabalhar meio período para estar mais próxima da família e cuidar das dores de coluna que a afligem.

Conta com a ajuda da sogra enquanto está trabalhando, mas também pode contar com o marido, que volta para casa todas as noites e acompanha os meninos até a escola todos os dias.

Venderia a alma ao diabo para sempre fazer voos de longa duração. Ama a América do Norte.

Começou a sentir certo medo de voar recentemente. Dizem que acontece com pessoas que passam anos nessa profissão, principalmente quem tem filhos.

Valentina

Valentina queria se casar com um colega que, depois de três anos de relacionamento, decidiu tomar um tempo para si e descobriu que era homossexual.

Hoje tem uma filha com um homem que ama.

Foi aposentada por invalidez alguns anos atrás por causa de um pequeno acidente que a impediu de continuar voando.

Stefania

Enquanto voltava de uma viagem internacional, Stefania guardou mal sua bagagem de mão: uma rede enorme que acabara de comprar no México.

Um distinto senhor japonês, ao abrir o compartimento superior, foi coberto por aquele objeto exótico.

Ela se desculpou em inglês.

Ele percebeu sua gentileza e o domínio da língua. Como estavam indo para Catania, ele perguntou se ela era siciliana.

Estava viajando para achar alguém que falasse inglês, italiano e siciliano, pois os intérpretes japoneses não conseguiam traduzir o dialeto local dos pescadores, com quem ele queria fazer negócios para comprar atum.

Stefania aceitou começar a trabalhar na multinacional japonesa como tradutora.

Falamo-nos um tempo depois: tornara-se chefe da divisão italiana da empresa, que cuidava das exportações de pescado italiano ao Japão.

Um dia, quando nos encontramos em um voo para Tóquio, ela me contou que terminou com o namorado ciumento.

O tempo voa

Os tempos mudaram. Viajar já não é mais apenas um privilégio de algumas poucas pessoas, tornou-se muito mais acessível e frequente. É mais fácil ir para o exterior do que a muitas localidades na Itália. Hoje há muito mais pessoas que viajam do que alguns anos atrás. Já não é mais hábito dos ricos. os italianos podem embarcar em um voo com a mesma facilidade que saíam de férias de carro nos anos 1960.

O avião comercial de transporte de passageiros nasceu no primeiro pós-guerra, com um AEG II que voou de Berlim a Weimar em 1919.

Logo depois, chegou o famoso Douglas DC30.

Na Itália, em cinco de maio de 1947, o coronel piemontês Virgilio Reinero subiu a bordo do trimotor Fiat G 12 CA, denominado "Alcione", como a filha de Éolo, realizando o primeiro voo no país.

Em 1950, as primeiras aeromoças foram contratadas.

Na Itália machista do segundo pós-guerra, alguns se opuseram à contratação das aeromoças porque "distrairia os pilotos". Apesar disso, a aeromoça se tornou uma profissão muito cobiçada entre as moças.

Para participar das seleções, era – e ainda é – necessário comprovar boa cultura, elegância e capacidade de se relacionar.

Em 1976, o *Concorde*, que ultrapassava a velocidade do som, fez seu primeiro voo na rota Paris-Dacar-Rio de Janeiro. Depois, Paris-Nova York.

Em 1973 e 1979, eclodiram duas grandes crise do petróleo.

Em 2001, um evento dramático mudou todos os códigos de segurança aérea: o ataque às torres gêmeas.

A Guerra do Golfo, no Iraque, a epidemia da Sars na Ásia e o petróleo caro foram obstáculos para a retomada do transporte aéreo. O período entre 1991 e 2003 foi o mais difícil na história da aviação civil.

Nos últimos 10 anos, começaram a aparecer as companhias *low cost*, que aumentaram as possibilidades de voos, datas e preços, dados os preços menores, com proporcional redução do conforto e, às vezes, sem serviço de bordo.

A diminuição dos valores das passagens e o *boom* do tráfego aéreo têm suas desvantagens.

O conforto não é mais como antes. Isso é culpa da concorrência, da diminuição dos rendimentos e da redução dos preços das passagens, o que obrigou as companhias aéreas a diminuir o espaço entre as poltronas na classe econômica.

A redução da tripulação também gerou transtornos e dificuldades de organização.

Dez anos atrás, a tripulação podia cuidar de todos os detalhes do voo. Eram servidas diversas refeições. Começava com o caviar, depois um *consommé* preparado a bordo, o filé era cortado na frente do passageiro, as bandejas eram cheias de frutas e doces, a lista de vinhos e licores era ótima e as toalhas de algodão, oferecidas aos passageiros após a decolagem, vinham perfumadas.

O preço das passagens aéreas caiu 40%, e o número de passageiros aumentou. O mercado ficou muito mais concorrido, e as agências de viagem foram substituídas pela compra dos bilhetes *online*.

Voar deixou de ser um sonho e se tornou uma realidade.

Agradecimentos

Agradeço à pessoa mais importante da minha vida: meu filho Luca, pela força que ele me dá. Se eu fosse um barco, ele seria meu farol e minha âncora.

VIDA DE AEROMOÇA
Autor: Marina Iuvara (marinaiuvara@alice.it)
Tradução de André Spiller Fernandes
Edición: 12/02/2021
Editor: Tektime S.r.l.s. - Montefranco (TR)